10|18
12, avenue d'Italie — Paris XIIIe

Sur l'auteur

Ross Macdonald, né Kenneth Millar en 1915, est originaire de Los Gatos, une petite ville proche de San Francisco. Au terme de brillantes études couronnées par un doctorat en littérature anglaise, il enseigne l'histoire et l'anglais pendant plusieurs années. C'est en 1944 que Ross Macdonald fait son entrée en littérature policière et publie successivement quatre romans, mais il impose véritablement son style, cinq ans plus tard, en créant un personnage de détective original, le privé Lew Archer. La publication, en 1958, de *La Malédiction des Hallman* marque un tournant important dans sa carrière d'écrivain et inaugure les romans de la maturité, tout en rompant avec l'influence de Raymond Chandler. Considéré comme « le dernier des géants » d'un certain polar noir américain, auteur de vingt-quatre romans (dont dix-huit ont pour héros Lew Archer), Ross Macdonald est mort en 1983, à Santa Barbara.

LA CÔTE BARBARE

PAR

ROSS MACDONALD

Traduit de l'américain
par M. Michel-Tyl

10/18

« Grands Détectives »
dirigé par Jean-Claude Zylberstein

Du même auteur
aux Éditions 10/18

Titre original :
The Barbarous Coast

ISBN 2-264-03112-3

1

Le *Channel Club,* du haut d'une langue de rocs, surplombait la mer à l'extrémité sud de la plage baptisée Malibu. Au-dessus des longs bâtiments bruns, des jardins en terrasses étageaient leurs marches ornées de riches tapis de fleurs jusqu'à la grand-route. Le terrain était entouré d'une haute barrière de fil de fer barbelé, masquée par des lauriers-roses.

Devant la grille d'entrée, je donnai un coup de klaxon. Un homme vêtu d'un uniforme bleu et d'une casquette à l'aspect officiel sortit de la loge de pierre. De dessous son képi s'échappaient des cheveux noirs et broussailleux, striés de lignes argentées. Malgré ses oreilles écrabouillées et son nez défoncé, son visage à la peau sombre présentait l'ensemble de douceur et de force qu'on rencontre chez les vieux Indiens.

— J'vous avais vu arriver, dit-il aimablement. Z'aviez pas besoin de corner : ça casse les oreilles.

— Désolé.

— Ça va bien.

Il eut un geste évasif; son ventre s'arrondissait au-dessus de la ceinture qui soutenait son étui à revolver. Il se pencha et tendit une main vers la porte de l'auto.

— Qu'est-ce que vous venez faire ici, monsieur?

— Mr. Bassett m'a appelé. Il ne m'a pas dit de quoi il s'agissait. Je m'appelle Archer.

— Ouais, bien sûr, il vous attend. Roulez tout droit jusqu'à la porte. Il est dans son bureau.

Il retourna vers la barrière en agitant son trousseau de clés. Une ombre sortit alors des lauriers-roses et s'élança vers ma voiture.

C'était un grand jeune homme en costume bleu, sans chapeau, avec des cheveux roux flottant au vent. Il courait presque sans bruit sur la pointe des pieds vers la grille qui s'ouvrait. Le gardien avait des gestes prompts pour un homme de son âge. Il pivota et tendit vivement un bras pour arrêter le jeune homme qui se mit à lutter. Le gardien fut projeté contre le mur de la loge où il prit appui pour chercher la crosse de son revolver. Ses yeux s'étrécirent, petits et durs comme des grains de café. Du sang perlait au bout de son nez et gouttait sur la chemise bleue que gonflait son ventre rond. Il brandit son revolver. C'est alors que je descendis de voiture.

Le jeune homme n'avait pas bougé, la tête tournée de côté, à moitié engagé dans l'entrée. Il avait un profil taillé à coups de serpe, avec des yeux bleus qui brillaient.

— Je vais voir Bassett, dit-il. Vous ne pouvez pas m'en empêcher.

— Un pruneau dans le coffre le fera bien, répliqua le gardien d'une voix calme. Si vous bougez, je tire. Vous êtes dans une propriété privée.

— Dites à Bassett que je veux le voir.

— Je l'ai déjà fait. Lui ne veut pas vous voir.

— Je m'excuse de vous avoir frappé, dit le jeune homme. Je n'ai rien contre vous.

— Maintenant, c'est moi qui ai une dent contre vous, mon gars. Tirez-vous avant que je vous défonce le buffet.

— Feriez mieux de faire ce qu'il dit, intervins-je en posant ma main sur l'épaule du jeune homme, un large paquet de muscles.

Il se tourna vers moi en passant la main le long de sa mâchoire. Lourds et combatifs maxillaires d'un visage sans caractère avec ses sourcils clairs et sa bouche au dessin mou. Il eut un reniflement enfantin.

— Êtes-vous aussi un des gros bras de Bassett ?

— Je ne le connais pas.

— Je vous ai entendu le demander.

— Je le sais bien. Mais continuez à vous balader en traitant les gens de tous les noms et en voulant entrer de force là où on ne veut pas de vous, et vous finirez avec un profil de boxeur. Ou même pire.

Il ferma le poing droit et me fixa du regard. Je me campai solidement, prêt à bloquer et à contrer.

— Dois-je prendre ceci pour une menace ? demanda-t-il.

— Ce n'est qu'un avertissement amical. J'ignore ce qui vous tracasse, mais à mon avis, vous feriez mieux de filer et d'oublier tout ça...

— Pas avant d'avoir vu Bassett.

— Et, pour l'amour de Dieu, ne levez pas la main sur des vieillards !

— Je m'en suis déjà excusé, fit-il en rougissant d'un air coupable.

Le gardien, derrière lui, lui caressa les côtes avec son revolver.

— Excuses non acceptées. Je peux encore me débarrasser de deux types de votre acabit, et avec une seule main encore. Allez-vous vous décider à déguerpir ou faut-il que je vous montre le chemin ?

— Je m'en vais. Seulement vous ne pouvez pas me chasser de la grand-route... et, tôt ou tard, il faudra bien qu'il sorte !

— Que diable voulez-vous à Bassett ? demandai-je.

— Ça ne regarde pas les étrangers. Je n'en parlerai qu'à lui.

Il me fixa un long moment en se mordant la lèvre inférieure.

— Voudriez-vous lui dire que je dois le voir ? Que c'est très important pour moi ?

— Il me semble que je peux faire la commission. De la part de qui ?

— George Wall. De Toronto... Il s'agit de ma femme. Dites-lui que je ne partirai pas avant de l'avoir vu.

— Ça, c'est votre opinion personnelle, dit le gardien. En avant marche, maintenant. Allez faire un tour.

George Wall battit en retraite jusqu'à la route, mais d'un pas lent pour marquer son indépendance. Sa longue ombre matinale le suivit et disparut à un tournant. Le gardien rangea son revolver, essuya son nez sanglant du revers de la main qu'il lécha comme s'il ne pouvait se permettre de gaspiller des protéines.

— Drôle de bourricot, ce gars, dit-il. Mr. Bassett ne le connaît même pas.

— C'est à son sujet qu'il veut me voir ?

— P't'êt' bien, sais pas.

— Ça fait combien de temps qu'il traîne dans le coin ?

— En tout cas depuis que j'ai pris mon service. D'après ce que je crois, il a dû passer la nuit dans les buissons. J'ai proposé de le faire ramasser, mais Mr. Bassett n'a pas voulu. Trop bon pour son bien, Mr. Bassett. « Débarrassez-vous-en vous-même, qu'il a dit, nous ne voulons pas d'ennuis avec la loi. »

— C'est ce que vous avez fait.

— Vous rigolez ? Dans le temps, deux hommes comme ça ne me faisaient pas peur, comme je disais.

Il fléchit son biceps droit et le palpa avec admiration puis m'adressa un gentil sourire.

— J'étais boxeur dans le temps... et un joliment bon boxeur. Tony Torres... Jamais entendu mon nom? Le Coq de combat de Fresno?

— Je vois. Vous avez tenu devant Armstrong six reprises.

— Oui. J'étais déjà un vieil homme, trente-cinq, trente-six ans. Plus de jambes. Sans ça j'aurais bien tenu dix rounds. J'étais en forme, à part les guiboles. Vous saviez ça? Vous avez vu le combat?

— Je l'ai écouté à la radio. J'étais gosse, encore à l'école. Je ne pouvais pas me payer ça.

— Ainsi vous l'avez entendu à la radio, répéta-t-il avec une satisfaction rêveuse.

2

Je garai ma voiture sur l'aire de bitume devant le bâtiment principal, un édifice de brique et de bois au toit plat. Ses lignes basses et sa simplicité ne laissaient pas soupçonner combien l'intérieur était vaste avant qu'on n'y soit entré. A travers les portes vitrées du vestibule, je pouvais voir la piscine de trente-trois mètres, encastrée entre les ailes en U des bâtiments. L'océan brillant et bleu fermait l'horizon.

La porte était fermée à clé. Le seul être humain en vue, un jeune Noir au corps coupé en deux par un court pantalon blanc, était en train de nettoyer le fond du bassin avec une sorte de balai à long manche qui glissait sous l'eau. Je tapai sur la porte vitrée avec une pièce de monnaie. Il m'entendit et vint en trottinant. Ses yeux sombres, intelligents, m'examinaient à travers la vitre.

— Si c'est pour vendre, m'sieur, vous auriez pu choisir un meilleur moment, dit-il en ouvrant la porte. C'est la morte-saison et, en plus, Mr. Bassett est de très mauvaise humeur. Il vient juste de me menacer de me flanquer à la porte. Ce n'est pourtant pas ma faute s'ils ont jeté les poissons tropicaux dans la piscine.

— Qui a fait ça?

— Les gens, hier soir. L'eau javellisée les a tuées, ces pauvres petites bêtes; il faut que je les retire de là.

— Les gens?

— Les poissons. Les ont pêchés dans l'aquarium et les ont fichus dans le bain. Les gens qui font la foire et se saoulent, ça oublie de vivre décemment. Aussi Mr. Bassett a tout rejeté sur moi.

— Ne lui en veuillez pas. Mes clients sont toujours de mauvaise humeur quand ils me font venir. C'est Bassett le propriétaire, ici?

— Non, seulement le gérant. A l'entendre parler, on pourrait croire que tout est à lui, mais ça appartient aux membres.

Je suivis son large dos de garde du corps le long de la galerie. Il frappa à une porte portant l'inscription GÉRANT. Une voix haut perchée répondit, grinçant le long de mon épine dorsale comme une craie sur un tableau mouillé.

— Qui est là, s'il vous plaît?

— Archer, dis-je.

— Très bien. Un instant.

Le garde du corps me fit un clin d'œil et s'éloigna de son pas alerte, ses pieds nus claquant sur le carrelage. La serrure cliqueta et la porte s'entrouvrit légèrement. Un visage apparut dans l'étroite embrasure, un peu au-dessous du mien. Ses yeux pâles et très écartés saillaient un peu comme ceux d'un poisson ; sa mince bouche de vieille fille ébaucha un sourire.

— Je suis heureux de vous voir. Entrez, je vous prie.

Je pénétrai dans la pièce, et l'homme reboucla la porte derrière moi, puis m'indiqua un siège en face de son bureau, d'un geste empreint de nervosité. Il s'assit, ouvrit une blague en peau de porc et commença à bourrer une pipe à gros fourneau de tabac anglais noir. Cette manie, la veste de tweed, le pantalon de flanelle, les chaussures à semelles épaisses, l'accent singeant celui d'Oxford, tout se tenait. Malgré la teinture soignée des cheveux noirs et le teint d'un rose peu naturel de son visage, je lui donnai près de soixante ans.

Je jetai un coup d'œil sur la pièce sans fenêtres : éclairée par des tubes fluorescents dissimulés, et aérée par un système d'air conditionné, ses meubles étaient sombres et lourds, et ses murs couverts de photos de yachts toutes voiles dehors, de plongeurs dans les airs, de tennismen se congratulant avec des sourires forcés. Quelques livres étaient posés sur le bureau.

Bassett alluma sa pipe avec un briquet à gaz et se renversa en arrière, derrière un écran de fumée bleue à travers lequel il déclara :

— Je crois savoir, monsieur Archer, que vous êtes un garde du corps qualifié.

— Je l'espère. Je n'ai pas souvent fait ce genre de travail. Auriez-vous besoin de protection ?

— Je ne sais pas encore. Jusqu'à ce que la situation s'éclaircisse un peu plus, je ne peux réellement pas dire de quoi j'ai besoin. Ni pourquoi. Un jeune fou me harcèle... il menace ma tranquillité. Vous auriez dû l'entendre au téléphone !

— Vous lui avez parlé ?

— Juste une minute, hier soir. C'était au milieu de

la réception — notre réception annuelle d'après Noël — et il m'appelait de Los Angeles. Il disait qu'il allait venir ici tout de suite pour me secouer jusqu'à ce que je lui donne certains renseignements. Son ton était nettement menaçant.

— Quel genre de renseignements ?

— Des informations que je ne possède pas. Je crois qu'il est dehors en ce moment et qu'il m'attend. La soirée s'est terminée très tard et j'ai passé la nuit ici, du moins ce qu'il en restait. Ce matin, le gardien m'a averti qu'un jeune homme voulait me voir. Je lui ai dit de mettre ce type dehors. Peu après, quand j'eus recouvré mon sang-froid, je vous ai téléphoné.

— Et qu'attendez-vous de moi au juste ?

— Débarrassez-moi de ce type. Vous devez avoir l'art et la manière. Je ne veux pas de violence, bien sûr, sauf si cela se révèle indispensable. Avez-vous un revolver ?

— Dans ma voiture. Mais je ne suis pas un tueur à gages.

— Bien entendu. Vous vous trompez sur mes intentions, mon vieux. Peut-être ne me suis-je pas exprimé tout à fait clairement. Je voulais tout au plus dire que vous pourriez vous montrer persuasif. Pourquoi ne pas tout simplement l'escorter jusqu'à la gare, ou l'aérodrome, et le mettre à bord d'un avion ?

— Non, dis-je en me levant.

Il me suivit à la porte et me prit le bras. Je déteste la familiarité et me dégageai brusquement.

— Écoutez-moi, Archer, je ne suis pas riche, mais j'ai quelques économies. Je suis disposé à vous payer trois cents dollars pour que vous me débarrassiez de ce type. Sans violence, bien sûr !

— Désolé, je ne suis pas à vendre.

— Cinq cents dollars.

— C'est impossible. Ce que vous me demandez s'appelle tout simplement un kidnapping selon la loi de Californie.

— Seigneur Dieu, je n'ai jamais voulu dire ça ! fit-il d'un ton sincèrement choqué.

— Eh bien, pensez-y. Laissez la police se charger de lui. Vous dites qu'il vous a menacé ?

— Oui. Il a même parlé de cravache. Mais on ne peut pas aller trouver la police pour ce genre d'histoire.

— Bien sûr que si !

— Pas moi. Ce serait si ridiculement démodé... Je deviendrais la risée de tout le Sud. Vous n'avez pas l'air de saisir l'aspect particulier de la situation, mon vieux. Je suis le gérant et le secrétaire d'un club très, très sélect. Les gens les plus huppés de la côte me confient leurs enfants, leurs jeunes filles. Je dois rester à l'écart de tout scandale : Calpurnia, la femme de César, vous voyez ça !

— Et qui parle de scandale ?

Calpurnia tira sur sa pipe et dessina des lèvres un magnifique rond de fumée.

— J'espérais n'avoir pas à en parler. Je ne m'attendais certes pas à être questionné à ce sujet. Tant pis. Il faut agir vite avant que la situation ne s'aggrave irréparablement.

Sa manière de choisir les mots m'agaçait et je le lui montrai. Il me supplia du regard pour appeler ma compréhension mais sa tentative de charme tomba à plat.

— Puis-je me fier à vous, réellement ?

— Aussi longtemps que nous restons dans la légalité.

— Oh, Seigneur, c'est légal ! Je suis un peu dans le pétrin, bien que ce ne soit en rien ma faute. Il ne s'agit pas de ce que j'ai fait. Vous comprenez, il y a une femme dans tout ça.

— La femme de George Wall?

Son expression se modifia. Il tenta de jouer négligemment avec sa pipe, mais ne put contrôler la grimace qui tordait les coins de sa bouche.

— Vous la connaissez? Tout le monde est au courant?

— Tout le monde ne tardera pas à l'être si George Wall continue à traîner dans le coin. Je suis tombé sur lui en entrant ici...

— Seigneur Dieu! Il doit être entré alors...

Bassett traversa la pièce en un bond. Il ouvrit un tiroir de son bureau et en sortit un automatique de moyen calibre.

— Rangez ça, conseillai-je. Si vous vous faites de la bile pour votre réputation, dites-vous bien qu'un coup de feu la ferait voler en éclats. Wall était dehors, à la grille, mais il n'a pas pu entrer. Il m'a donné un message pour vous : il ne s'en ira pas avant de vous avoir vu. Un point, c'est tout.

— Pourquoi diable ne pas l'avoir dit plus tôt, mon vieux? Nous venons de perdre notre temps. Il faut nous débarrasser de lui avant que les membres n'arrivent.

Bassett jeta un coup d'œil à sa montre et, ce faisant, pointa son automatique dans ma direction.

— Baissez cette arme, Bassett. Vous êtes trop nerveux pour manier un revolver.

Il le posa sur la table devant lui avec un sourire piteux.

— Désolé, je suis un peu troublé, en effet. Je n'ai pas l'habitude de ce genre d'alerte.

— Que se passe-t-il au juste?

— Le jeune Wall a l'air de s'imaginer que je lui ai volé sa femme. Quel mélodrame!

— Est-ce vrai?

— Ne soyez pas absurde. La gosse est assez jeune pour être ma fille, et nos relations ont toujours été des plus correctes.

— Vous la connaissez donc, alors ?

— Bien sûr. Depuis des années... depuis bien plus longtemps que George Wall. Elle s'entraîne dans cette piscine depuis son adolescence et ne doit pas avoir plus de vingt et un ou vingt-deux ans maintenant.

— Qui est-elle ?

— Hester Campbell, la plongeuse. Vous devez en avoir entendu parler. Elle a failli gagner le championnat national il y a deux ans. Puis elle a disparu. Sa famille a quitté le pays et Hester a abandonné la compétition. Je n'étais pas au courant de son mariage jusqu'au moment où elle est revenue ici, voilà six mois, en juin. Hester semblait sortir d'une très mauvaise période. Elle avait fait des tournées avec une équipe de nageurs, perdu son boulot et échoué à Toronto. Elle y a rencontré ce jeune sportif canadien qu'elle épousa par désespoir. Apparemment, ça n'a pas marché. Elle l'a quitté après moins d'un an de vie commune et est revenue ici, très abattue moralement. Naturellement, j'ai fait ce que j'ai pu pour l'aider. Je l'ai convaincue de donner des cours à la piscine, payables à la commission. Elle s'en est plutôt bien tirée durant la saison d'été. Et après, quand les élèves se sont faits rares, c'est vrai que je l'ai un peu secourue financièrement.

Il joignit les mains avec innocence.

— Si cela constitue un crime, alors je suis un criminel.

— Si c'est tout ce qui s'est passé, je ne vois pas ce que vous craignez.

— Vous ne comprenez pas ma situation, les inimitiés et les intrigues que j'affronte ! Il s'est créé une cabale parmi les membres du club pour me déloger de ma charge. Si George Wall laisse entendre que j'ai profité de mes fonctions pour procurer à des jeunes femmes...

— Comment pourrait-il faire cela?

— Je veux dire : s'il me traîne en justice comme il m'en a menacé. Un avocat sans scrupules pourrait réunir des preuves contre moi. Hester m'a informé qu'elle préparait son divorce et je n'ai pas été assez prudent. On m'a vu avec elle. En fait, je l'ai invitée plusieurs fois à venir goûter ma cuisine.

Il s'empourpra légèrement.

— Je réalise maintenant que ce n'était pas très sage de la faire venir chez moi.

— Wall ne peut rien tirer de ça. Nous ne sommes plus au temps de Victoria.

— Si, dans certains milieux. Vous ne saisissez pas à quel point ma situation est précaire. J'ai bien peur que la seule accusation ne suffise à la détruire.

— N'exagérez-vous pas un peu?

— Je le voudrais bien. Mais je ne crois pas.

— Un bon conseil : voyez Wall et parlez-lui en face.

— J'ai bien essayé au téléphone, hier soir. Il a refusé de m'écouter. Il est fou de jalousie. D'après lui, je cacherais sa femme quelque part ici.

— Et ce n'est pas vrai?

— Bien sûr que non! Je ne l'ai pas vue depuis la fin septembre. Elle est partie sans un au revoir, brusquement, sans un merci. Elle n'a même pas laissé son adresse.

— Elle s'est sauvée avec un homme?

— C'est plus que probable.

— Dites-le à Wall.

— Oh non! Je ne pourrais pas. Cet homme est un fou furieux, il se jetterait sur moi.

Bassett passa ses doigts tremblants à travers ses cheveux. De ses tempes, de petites rigoles de sueur glissaient le long de ses oreilles. Il sortit son mouchoir de sa poche et s'essuya le visage. Je commençai à me sentir pris de pitié : la lâcheté physique me gêne plus que toute autre chose.

— Je peux me charger de lui, dis-je. Appelez la loge. S'il est encore dans les parages, j'irai le chercher et le ramènerai.

— Ici ?

— A moins que vous ne voyiez un endroit plus propice.

Au bout d'un moment, il reprit, toujours aussi nerveux :

— Il faut que je le voie. Je ne peux pas le laisser colporter ses mensonges publiquement. Et plusieurs membres doivent venir à la piscine, ce matin.

Sa voix prenait un accent de respect religieux chaque fois qu'il parlait des membres ; à l'entendre, ils devaient appartenir à une race supérieure, supermen ou anges vengeurs. Et Bassett lui-même avait déjà un pied dans ce paradis terrestre. Comme à regret, il prit le téléphone.

— Tony ? Mr. Bassett. Le jeune homme est-il toujours dans les parages ?... Vous en êtes bien sûr ? Bon, très bien. S'il se montrait de nouveau, avertissez-moi.

Il raccrocha.

— Torres dit qu'il est parti à pied il y a un moment. Mais j'aimerais que vous restiez encore un peu ici. Si par hasard...

— D'accord. La course vous coûtera vingt-cinq dollars, de toute manière.

Il ouvrit un tiroir et me paya comptant. Je me levai et fis le tour de la pièce en regardant les photographies. Je m'arrêtai devant celle de trois plongeurs, un homme et deux jeunes filles s'envolant en chœur du plus haut tremplin. Leurs corps se découpaient clairement sur le ciel estival, tendus dans le même effort au plus haut de leur parabole avant qu'ils ne ressentent l'effet des lois de la pesanteur.

— C'est Hester, à gauche, dit Bassett derrière moi.

Son corps était bandé comme un arc, ses cheveux brillants rejetés en arrière par le vent tout autour de l'ovale régulier de son visage. La fille de droite était une brune bronzée, au buste également prometteur. L'homme, entre elles deux, était brun aussi, avec des cheveux frisés et des muscles qui semblaient forgés dans le bronze.

— C'est une de mes photos préférées, reprit Bassett. Elle a été prise ici, il y a environ deux ans, quand Hester s'entraînait pour les compétitions nationales.

— Qui sont ses compagnons ?

— Le garçon était notre garde du corps et maître nageur. La fille, une jeune amie d'Hester. Elle travaillait ici, au snack-bar, mais Hester l'entraînait en vue des championnats de plongeon.

— Elle est toujours ici ?

— Hélas non.

Son visage s'assombrit.

— Gabrielle a été tuée.

— Accident de plongeon ?

— Loin de là. Un coup de feu.

— Assassinée ?

Il acquiesça avec gravité.

— Qui a fait cela ?

— On n'a jamais levé le mystère de ce crime. Et je doute qu'on y parvienne maintenant. Il y aura deux ans que ça s'est passé, en mars prochain.

— Rappelez-moi son nom.

— Gabrielle. Gabrielle Torres.
— Parente de Tony ?
— C'était sa fille.

3

On frappa bruyamment à la porte. Bassett renâcla comme un cheval apeuré et me fit un signe négatif. Un second coup retentit et je me dirigeai vers la porte.

— N'ouvrez pas.

Je tournai la clé dans la serrure et ouvrit le battant de quelques centimètres pour insérer un pied et une épaule. George Wall était là. Son visage luisait d'un gris verdâtre dans la lumière reflétée par l'eau. Un morceau de chair blanche apparaissait par un accroc de son pantalon chiffonné.

— Comment êtes-vous entré ?

— Je suis passé par-dessus la barrière. Bassett est-il là ?

Je jetai un coup d'œil vers Bassett qui, accroupi derrière son bureau, laissait seulement paraître le blanc de ses yeux et la gueule noire de son revolver.

— Ne le laissez pas entrer. Ne le laissez pas me toucher, gémit-il.

— Il ne vous fera rien. Baissez cette arme.

— Non. Je me défendrai moi-même s'il le faut.

Je lui tournai le dos et revins à son épouvantail :

— Vous l'avez entendu, Wall. Il a un revolver.

— Je m'en moque. Il faut que je lui parle. Hester est-elle ici ?

— Vous êtes sur la mauvaise piste. Il ne l'a pas vue depuis des mois.

— Naturellement, si vous le croyez...

— Moi aussi, je vous l'affirme. Elle a travaillé ici tout l'été et a disparu dans le courant de septembre.

Son regard bleu, inquiet s'assombrit :

— Pourquoi n'a-t-il pas voulu me recevoir, si elle n'est pas avec lui ?

— Vous avez parlé de cravache. Ce n'était pas une entrée en matière très diplomatique.

— Je n'ai pas le temps de faire le diplomate. Je dois reprendre mon avion demain.

— Bonne chose.

Son épaule vint s'appuyer contre la porte, je sentis peser son poids. La voix de Bassett monta d'une octave :

— Ne le laissez pas m'approcher !

Il était juste derrière moi. Je me retournai, le dos contre la porte, et lui arrachai des mains le revolver que je fourrai dans ma poche. Ensuite, je dévisageai Wall qui poussait toujours contre la porte, l'empoignai par le devant de sa chemise et le tins à bout de bras. Il poussait de toute sa masse inerte, comme une statue de pierre.

C'est alors qu'un petit homme courtaud et large descendit les marches du vestibule. Il s'avançait vers nous d'un pas alerte, les pieds en canard, d'un air suffisant de propriétaire, vers la piscine. La brise marine agitait les crans de ses cheveux argentés. Son impeccable veston de flanelle bleue révélait sa fatuité, et il n'accordait pas la moindre attention à la femme qui marchait dans son sillage à quelques pas de lui.

— Seigneur Dieu, chuchota Bassett à mon oreille ; c'est Mr. et Mrs. Graff. Nous ne pouvons nous permettre un esclandre devant eux. Laissez Wall entrer. Vite, mon vieux !

J'obtempérai. Bassett était à la porte, courbé et souriant, au moment où l'homme aux cheveux argentés passait devant. Son visage était brun et buriné.

— Bassett, vous avez engagé les extra pour ce soir ? l'orchestre ? le buffet ?

— Oui, monsieur Graff. Bon bain.

— Le bain me semble toujours bon.

La femme venait derrière lui, en titubant un peu, comme si le soleil l'avait éblouie. Ses cheveux sombres étaient soigneusement tirés de chaque côté d'un large front plat que l'arête de son nez grec prolongeait. Son visage semblait pâle et mort, à part l'éclat sombre de ses yeux où se lisaient toute son énergie et sa sensibilité. Elle était vêtue de jersey noir, sans la moindre coquetterie, telle une veuve.

Bassett la salua, et elle répondit avec une animation soudaine, faisant remarquer combien la journée était belle pour décembre. Son mari s'éloignait déjà vers les cabines ; elle le suivit comme une ombre.

— C'est le Graff de l'*Helio-Graff Co* ? demandai-je.

— Oui, fit Bassett avec un soupir de regret.

Il contourna Wall pour rejoindre son bureau, s'y assit au bord et se mit à jouer avec sa blague et sa pipe, les mains tremblantes. Wall n'avait pas bougé de la porte ; son visage était constellé de taches rouges et je n'aimais pas son regard glacé. Je maintins toute l'épaisseur de mon corps entre les deux hommes, et mes yeux allaient de l'un à l'autre comme dans une partie de tennis. Wall parla d'une voix de gorge :

— Vous ne pouvez pas continuer à mentir de cette façon ; vous savez où elle est. Vous lui avez payé des leçons de danse.

— Des leçons de danse ? Moi ?

La surprise de Bassett semblait sincère.

— A l'école de danse *Anton.* J'ai parlé avec Anton hier après-midi. Il m'a dit qu'Hester avait pris quelques leçons chez lui et qu'elle avait payé avec un chèque de votre main.

— Ainsi, voilà ce qu'elle faisait de l'argent que je lui prêtais !

La lèvre de Wall s'incurva :

— Vous avez réponse à tout, hein? Pourquoi lui auriez-vous prêté de l'argent?

— Parce que je l'aimais bien.

— Je l'aurais parié. Où est-elle maintenant?

— Franchement, je n'en sais rien. Elle est partie en septembre. Je n'ai pas vu Miss Campbell depuis.

— Elle s'appelle Mrs. Wall, Mrs. George Wall. Hester est ma femme.

— Je commence à m'en douter, mon vieux. Mais chez nous, elle se servait de son nom de jeune fille. A ce que j'ai cru comprendre, elle envisageait le divorce.

— Qui lui avait mis cette idée en tête?

Bassett lui jeta un regard excédé :

— Si vous voulez savoir la vérité, j'ai essayé de l'en dissuader. Je lui ai conseillé de retourner au Canada avec vous. Mais Hester avait d'autres projets. Elle avait grandi ici, dans le Sud, et elle rêvait de faire du cinéma : ses plongeons lui avaient donné du goût pour les feux de la rampe. J'ai honnêtement fait tout mon possible pour la décourager, mais je crains d'avoir échoué. Elle était bien décidée à employer ses talents : je suppose que ceci explique les leçons de danse. Elle a quitté le club très brusquement, comme je viens de le dire à Archer. Un jour, elle vivait tranquillement à Malibu, travaillait ses plongeons, se faisait d'intéressantes relations ici. Et le lendemain, elle avait disparu de la circulation.

— Je sais bien que vous mentez, fit Wall d'une voix basse et entrecoupée. Vous savez où elle est et vous essayez de m'éloigner.

Sa lèvre inférieure et sa mâchoire se tendirent, donnant à son visage une expression informe et repoussante.

— Attendez une minute, fit rapidement Bassett. Sachez que je suis désolé de ce qui arrive entre nous. Réellement désolé. Je ne vous ai causé aucun tort, croyez-moi, et ne vous veux que du bien.

— Pourquoi ne m'aidez-vous pas, alors ? Dites-moi la vérité : Hester est-elle vivante ?

Bassett lui jeta un regard affolé.

— Qu'est-ce qui vous fait croire qu'elle ne l'est pas ? demandai-je.

— Elle avait peur. Peur d'être assassinée.

— Quand cela ?

— Avant-hier soir. La nuit de Noël. Hester m'a téléphoné à Toronto. Elle était terriblement affolée et pleurait au téléphone. Quelqu'un avait menacé de la tuer ; elle ne m'a pas dit qui. Elle voulait quitter la Californie et me demandait si je voudrais bien la reprendre. Je lui ai dit que oui, bien sûr. Mais avant que nous ayons pu prendre le moindre arrangement, la communication a été coupée. Tout à coup, Hester n'était plus là, il n'y avait plus personne à l'autre bout de la ligne.

— D'où téléphonait-elle ?

— De l'école de danse *Anton,* Sunset Boulevard. La communication était à ma charge, ça m'a été facile de localiser l'appel. J'ai pris l'avion le plus tôt possible et, hier, j'ai vu Anton qui ne savait rien de l'appel téléphonique, du moins à ce qu'il m'a dit. Il donnait une sorte de réception à ses élèves, ce soir-là, et ses souvenirs étaient plutôt embrouillés.

— Il doit avoir son adresse si elle prenait des leçons chez lui...

— Il prétend que non. La seule adresse qu'Hester lui ait donnée est celle du *Channel Club,* ici.

— Elle avait loué un cottage à Malibu, je vous retrouverai l'adresse, dit Bassett. La propriétaire habite la maison voisine, je crois, et vous pouvez aller la voir. C'est Mrs. Sarah Lamb, une vieille amie et employée à moi. Allez-y de ma part. Mr. Archer est détective privé. Je suis disposé à le payer de ma propre poche pour qu'il vous aide à retrouver votre femme. A la condition que vous cessiez de m'importuner. Est-ce une proposition amicale, oui ou non ?

Wall me jeta un regard méfiant :

— Si je pouvais être sûr que ce n'est pas une combine... Vous êtes un ami de Bassett ?

— Jamais vu avant ce matin. J'ajouterai que je n'ai pas été consulté pour cette proposition.

— Ça reste dans vos attributions, non ? demanda doucement Bassett. Quelles sont vos objections ?

Je n'en avais aucune, sinon que se profilait une foule d'ennuis en perspective ; c'était la fin d'une rude année et je me sentais un peu fatigué. Je regardai George Wall, ses cheveux roux et rebelles. « Voilà bien une tête de faiseur d'histoires, dangereuses pour lui-même et probablement pour les autres. Peut-être qu'en faisant équipe avec lui je pourrai éviter le pire », pensai-je ; j'ai toujours été un idéaliste.

— Qu'en pensez-vous, Wall ?

— J'aimerais avoir votre aide, répondit-il lentement. Mais j'aimerais mieux vous payer moi-même.

— On va jouer à pile ou face. Face : Bassett paie. Pile : c'est Wall.

Je lançai une pièce en l'air et elle retomba sur le bureau. J'étais l'homme de George Wall. Ou lui le mien.

4

Graff flottait sur le dos dans la piscine quand George Wall et moi-même sortîmes du bureau. Son petit ventre brun émergeait comme le dos d'une tortue des Galapagos. Mrs. Graff, entièrement vêtue, était assise dans un coin ensoleillé. Ses vêtements noirs, ses cheveux et ses yeux de jais semblaient diluer la lumière. Son visage et son corps avaient cette distinction qui remplace la beauté chez les gens qui ont beaucoup et longuement souffert.

Cette femme m'intéressait, mais ce n'était pas réciproque. Elle ne leva même pas les yeux quand nous passâmes. Je conduisis Wall jusqu'à ma voiture.

Plus que jamais, il ressemblait à un adolescent qui n'a pas fini sa croissance. Cependant, il me plaisait bien. Il aurait de l'étoffe... s'il vivait assez pour s'en servir un jour.

— Je suis réellement désolé d'avoir pensé qu'Hester et cette vieille chouette... dit-il. Je crois que j'avais perdu la tête.

— Retrouvez-la. Et, pour l'amour de Dieu, ne pensez plus à Bassett. Ce n'est pas un loup ravisseur, loin de là.

— Il lui a donné de l'argent. Il l'a admis.

— Justement. C'est probablement un autre qui paie ses notes, maintenant.

— Qui que ce soit, je le tuerai, fit Wall d'une voix basse, grondante.

— Non, vous ne le tuerez pas.

Il s'assit et se renferma dans son silence jusqu'à ce que nous ayons atteint les grilles, cette fois ouvertes. Devant la porte de la loge, Tony me fit un signe de la main et décocha sa plus belle grimace à Wall.

— Attendez, dit George, je voudrais m'excuser auprès de lui.

— Non. Restez dans la voiture.

Je tournai à gauche sur la grand-route qui suivait la côte. Elle épousait les contours des falaises brunes, puis se mettait à descendre graduellement vers la mer. Les villas commencèrent à défiler le long de la plage comme un interminable petit train monotone.

— Je sais que je vous parais insupportable ! éclata George. D'habitude je ne suis pas comme ça ! Mais je viens de vivre des moments épouvantables...

Il me raconta cette année éprouvante. Tout avait commencé aux championnats sportifs du Canada, en août de l'année précédente. Wall était chroniqueur sportif du *Star* de Toronto et avait été désigné pour rendre compte des compétitions de natation. Hester était alors une des vedettes de l'équipe de plongeuses. Il retourna la voir pour son propre plaisir et sortit plusieurs soirs avec elle après le spectacle.

Le troisième soir, Hester rata un double retourné, fit un plat et sombra dans l'inconscience. Elle ne reparut pas à la soirée du lendemain, et il la retrouva par hasard dans un hôtel de la ville basse, Yonge Street. Ses yeux étaient voilés et injectés de sang. Elle dit que sa vie de plongeuse était finie avant de s'effondrer et de pleurer longtemps sur son épaule. Il ne savait que faire pour la réconforter.

Wall lui demanda de l'épouser dans la nuit ; elle accepta sa proposition au matin. Ils se marièrent trois jours plus tard.

Peut-être n'avait-il pas été aussi franc qu'il l'aurait dû vis-à-vis d'Hester. Vu la manière dont il dépensait son argent, elle avait dû conclure qu'il était beaucoup plus riche qu'en réalité.

Hester ne put s'habituer à vivre dans un appartement

de deux pièces. L'état de ses yeux demeurait le problème essentiel et sa vision fut longue à se rétablir. Pendant des semaines, Hester ne quitta pas l'appartement. Elle passait son temps à se brosser les cheveux, à se maquiller, se démaquiller et se remaquiller. Elle refusait de faire la cuisine, répétait sans cesse qu'elle avait perdu sa beauté, raté sa carrière et que la vie ne valait plus la peine d'être vécue.

— C'était un hiver glacé, disait Wall. La neige craquait sous les pas et le vent vous gelait le nez. Le givre s'épaississait sur les vitres. La chaudière du chauffage avait éclaté. Hester se prit de passion pour la gardienne de l'immeuble, une femme nommée Mrs. Bean qui vivait dans l'appartement voisin. Elle commença à aller à l'église avec elle. Je rentrais du travail et, de la chambre, je les entendais parler de rédemption et de réincarnation, et d'autres fadaises de ce genre.

» Un soir, après dîner, Hester m'expliqua qu'elle recevait le châtiment de ses fautes, qu'elle devait se purifier pour que sa prochaine réincarnation l'amène à un niveau plus élevé. Pendant environ un mois, à la suite de cette discussion, j'ai dû dormir sur le divan. Jésus, qu'il faisait froid !

» La veille de Noël, elle me réveilla au milieu de la nuit et m'annonça qu'elle était purifiée. Le Christ lui était apparu dans son sommeil et lui avait remis tous ses péchés... et elle me dit alors ce qu'elle entendait par ses péchés.

— Quelle était son explication ? demandai-je.

— Il vaut mieux que je ne vous le révèle pas encore.

Sa voix était faible. Je lui jetai un regard oblique : le sang lui était monté à la tête et il était tout rouge.

— De toute manière, continua-t-il, nous nous sommes en quelque sorte réconciliés. Hester laissa tomber ses divagations religieuses et les remplaça par la folie de la danse. Elle dansait nuit et jour. Je ne pouvais plus maintenir la cadence. Il fallait que je travaille, et elle prit l'habitude de sortir seule. Puis elle commença à vouloir prendre des leçons de danse. Elle se coupa les cheveux à la diable, se mit à porter des anneaux aux oreilles, des jupes de soie blanche et des pantalons de matador à la maison. Elle n'arrêtait pas de faire des entrechats et autres figures de ce genre. Elle se mit à parler français sans en connaître un traître mot et, comme je ne comprenais pas, elle retombait dans son mutisme. Elle s'asseyait et me fixait sans ciller pendant quinze ou vingt minutes. Vous auriez pu croire que j'étais un meuble auquel elle cherchait une nouvelle place. Peut-être aussi qu'alors je n'existais plus pour elle. Vous comprenez ?

Je comprenais. J'ai eu une femme et je l'ai perdue dans ce genre de mutisme. Je n'en dis rien à George Wall qui continua à parler ; les mots se pressaient sur ses lèvres comme s'ils avaient été longtemps gelés au fond de sa gorge ; le soleil californien les avait enfin libérés.

— Je sais maintenant ce qu'elle faisait, disait-il. Elle s'encourageait à rompre avec moi. Les cinglés avec lesquels elle passait ses journées l'y poussaient. Ils lui mirent dans la tête qu'elle perdait son temps à Toronto, mariée à un raté comme moi. Elle se persuada qu'il lui fallait aller à New York, ou retourner ici, à Hollywood.

» Nous avons eu une violente dispute quand elle a fini par rentrer ce soir-là. J'étais décidé à la prendre en main. Je lui ai dit qu'elle allait abandonner ses leçons de danse et de théâtre, s'habiller normalement, tenir sa maison et faire une cuisine mangeable.

Il eut un rire désagréable, tel un bruit de vaisselle brisée.

— Je suis passé maître en psychologie féminine, poursuivit-il. Le lendemain matin, quand je fus parti travailler, Hester passa à la banque, ramassa toutes mes économies et prit l'avion pour Chicago. Je l'ai découvert en faisant une enquête à l'aéroport. Elle ne me laissait même pas un mot.

» Je ne sais plus comment se sont passés les six derniers mois. Nous n'avions été ni mariés bien longtemps ni très proches l'un de l'autre, mais j'étais amoureux d'elle... et le suis toujours. Chaque fois que j'apercevais dans la rue une fille aux cheveux blonds, je ressentais comme une décharge électrique. Chaque fois que le téléphone sonnait, j'étais sûr que c'était Hester. Et puis, un soir, ce fut elle.

» C'était la nuit de Noël, avant-hier. J'étais assis dans l'appartement, tout seul, essayant de ne pas penser à elle ; je me sentais au bord de la dépression nerveuse. Et puis le téléphone a sonné. Je vous ai raconté ce qu'elle m'a dit. Vous pouvez imaginer dans quel état j'étais quand on a coupé. J'ai pensé à appeler la police de Los Angeles, mais je ne pouvais rien lui dire de précis. Aussi j'ai d'abord recherché l'origine de l'appel, puis j'ai sauté dans le premier avion.

5

Nous nous engageâmes dans une rue en impasse entre la grand-route et la plage. Les maisonnettes, sur chaque trottoir, paraissaient plutôt miteuses mais les voitures qui stationnaient devant étaient presque toutes du plus récent modèle. La maison qu'Hester avait habitée était une construction de bois et de brique presque délabrée, comme une boîte vide. Ses murs étaient décrépis et striés par le sable apporté par le vent. La maison voisine était plus grande et mieux tenue mais perdait par endroits son crépi.

— C'est une vraie zone, dit George. Je croyais que Malibu était une plage de luxe.

— Une partie seulement; ici, c'est le coin pouilleux.

Nous grimpâmes le perron de la maison de Mrs. Lamb et je frappai à la petite porte. Une vieille femme lourde, en robe de chambre, parut dans l'embrasure. Elle avait une bonne tête de bouledogue surmontée d'une crête de cheveux aux reflets orange dans la lumière du soleil. Entre ses sourcils, une compresse antirides lui donnait un air excentrique tranquille. La femme tenait une tasse de café à la main et avait la bouche pleine.

— J'ai cru comprendre que vous louiez le cottage voisin, madame Lamb, commençai-je.

Elle avala sa bouchée d'un seul coup.

— J'aime mieux vous prévenir : je ne loue pas aux célibataires. Maintenant, si vous êtes marié, c'est différent.

Elle s'arrêta, avala une nouvelle gorgée de café en laissant une trace circulaire de rouge à lèvres sur le bord de la tasse.

— Je ne suis pas marié, dis-je.

— Dommage ! fit-elle avec un accent nasal du Kansas qui faisait chanter sa voix comme un fil de fer dans le vent. Moi, je suis pour le mariage. J'ai passé ma vie avec quatre hommes, et j'en ai épousé deux.

Ses yeux vifs, entourés d'un fin réseau de rides, glissèrent vers George Wall et revinrent sur moi.

— Tous les deux, vous avez l'air de gentils garçons; vous devriez trouver une fille disposée à tenter sa chance avec vous.

— J'avais une femme, dit George Wall pesamment. Je suis à sa recherche en ce moment. Elle s'appelle Hester.

Les paupières de la femme battirent.

— Hester Campbell ?

— Hester Campbell Wall.

— Eh bien, que je sois pendue, je ne savais pas qu'elle était mariée. Qu'est-ce qui s'est passé, elle s'est sauvée ?

— En juin dernier, fit-il avec un lent signe de tête.

Elle examina son visage avec attention, eut un petit rire qui alla en décroissant :

— Eh bien, elle a moins de bon sens que je ne lui en accordais pour avoir quitté un gentil garçon comme vous. Mais il a toujours fallu qu'elle fasse du ramdam, même quand elle était môme.

— Il y a longtemps que vous la connaissez ? demandai-je.

— Vous parlez ! Elle, sa sœur, et leur mère à toutes deux. Un drôle de phénomène, cette femme. Toujours dans les nuages.

— Savez-vous où se trouve leur mère, actuellement ?

— Je ne l'ai pas vue depuis des années, la sœur non plus.

Je jetai un coup d'œil vers George Wall. Il secoua la tête.

— Je ne savais même pas qu'elle avait une mère. Elle ne parlait jamais de sa famille. Je pensais qu'elle était orpheline.

— Pourtant, elle en a une, répliqua la vieille femme. Elle et sa sœur, Rina, étaient bien nanties en fait de mère. Mrs. Campbell était résolue à faire quelque chose de ses filles, même si elle devait crever à la tâche. Je ne sais pas comment elle pouvait payer toutes les leçons qu'elle leur faisait donner... musique, danse, natation...

— Elle n'avait pas de mari ?

— Pas quand je l'ai connue. Elle était vendeuse dans un magasin pendant la guerre. Mrs. Campbell n'arrêtait pas de parler de ses filles, mais, au fond, elle n'avait pas de véritable tendresse pour elles. C'était ce qu'on appelle une mère de cinéma ; elle voulait que plus tard ses filles puissent l'entretenir. Elle a disparu de la circulation il y a des années. Ce qui ne m'a pas brisé le cœur.

— Et vous ne savez pas non plus où peut se trouver Hester ?

— Je ne l'ai pas vue depuis septembre. Elle est partie, et c'est tout.

Son regard revint vers moi.

— Vous êtes de la famille, vous aussi ?

— Non, je suis détective privé.

Elle ne manifesta aucune surprise.

— Très bien, c'est à vous que je parlerai, alors. Venez prendre une tasse de café. Votre ami vous attendra dehors.

Wall ne discuta pas : il sembla à peine vexé. Mrs. Lamb me fit entrer et je la suivis dans la minuscule cuisine. La nappe rouge de la table s'harmonisait aux rideaux au-dessus de l'évier, le café chauffait dans une cafetière électrique.

Mrs. Lamb m'en versa une tasse et se resservit, puis s'assit devant la table et me désigna un siège en face d'elle.

— Vous vouliez me parler d'Hester, dis-je.

— Oui. Je ne pouvais tout de même pas dire ça en face de son mari. Il fallait que je l'épargne. Elle était folle des hommes. Est-ce qu'il n'en sait vraiment rien ?

— Apparemment, il s'en doute sans oser le reconnaître. Certains hommes en particulier ?

— Un homme en particulier.
— Pas Clarence Bassett ?
— Mr. Bassett ? Dieu du ciel, non. Je connais Mr. Bassett depuis bientôt dix ans, j'ai tenu le snack-bar du club jusqu'à ce que mes jambes me trahissent et, vous pouvez m'en croire, c'est pas le genre coureur. Mr. Bassett était plutôt comme un père pour elle. Je crois qu'il a fait de son mieux pour lui éviter des ennuis, mais ce mieux n'était pas encore suffisant. Moi, ç'a été la même chose.
— Dans quelle sorte d'histoire s'était-elle fourrée ?
— Les hommes, comme je vous le disais. Un de ceux qu'elle faisait venir ici était un gangster du plus beau type. J'ai dit à Hester qu'elle s'attirerait des ennuis en le recevant, en lui laissant passer la nuit chez elle et qu'il faudrait trouver une autre maison pour ça. Je pensais avoir le droit de lui parler ainsi, la connaissant depuis l'enfance et tout. Mais elle l'a mal pris, m'a dit de me mêler de mes affaires et qu'elle s'occuperait elle-même des siennes. Je lui ai répondu que ce qui se passait sur ma propriété, ça me regardait. Très bien, qu'elle a dit, si c'est comme ça, elle s'en irait, et j'étais une vieille enquiquineuse. C'est peut-être bien vrai, mais je ne permettrai pas à l'amie d'un gibier de potence qui court avec des tueurs de me traiter comme ça.

Elle s'arrêta pour reprendre son souffle. J'en profitai pour demander :
— Qui était-ce, le savez-vous ?
— Je n'ai jamais entendu son nom. Quand j'en ai parlé à Hester, elle a dit que c'était le manager de son petit ami.
— Son petit ami ?
— Le petit Torres. Lance Torres, comme il se fait appeler. C'était un gentil petit gars, dans le temps, du

moins il avait bonne apparence quand il faisait son boulot de garde et de maître nageur au club. Son oncle Tony lui avait fait donner la place, mais c'était une vie trop calme pour Lance ; il voulait devenir un grand crack. J'ai entendu dire qu'il avait tâté de la boxe un moment, et puis qu'il avait eu des ennuis : je crois qu'il a fait de la prison ces dernières années. Je sais qu'il y a toujours des bonnes gens pour raconter des histoires et prétendre les choses pires qu'elles ne sont. Ça m'a fait quand même un coup quand j'ai vu Lance venir tourner autour d'Hester, avec son petit copain le tueur. Je pensais qu'il se souciait plus de ses relations.

— Comment savez-vous que c'était un tueur ?

— Je l'ai vu tirer. Un matin, en me réveillant, j'ai entendu des coups de feu sur la plage. Le gars était là, qui tirait dans des bouteilles de bière avec une saleté de revolver noir. C'est ce jour-là que je me suis dit : faut que ça cesse, ou bien au revoir Hester.

— A quoi ressemblait-il ?

— Pour moi, à la mort. Ces yeux noirs glacés qu'il avait, et ce genre de figure sans expression, couleur de ventre de poisson. Mais j'ai été droit vers lui pour lui parler et je lui ai dit qu'il devrait avoir honte de casser des bouteilles dans cet endroit où les gens pouvaient marcher et se couper. Il ne m'a même pas regardée ; il a juste rechargé son revolver et s'est remis à tirer sur ses bouteilles. Il m'aurait bien tiré dessus avec la même indifférence, à le voir faire.

A ce souvenir la colère lui revenait et colorait son teint.

— Et le tir, ça m'impressionne, surtout depuis qu'une amie à moi a été tuée à coups de revolver l'année dernière, sur cette même plage, à quelques kilomètres au sud.

— Vous ne voulez pas dire Gabrielle Torres ?

— C'est bien ça. Vous avez entendu parler de Gabrielle, hé ?

— Un peu. Ainsi, c'était une de vos amies...

— Pour sûr. Certaines gens avaient des préjugés contre elle à cause de son sang mexicain. Moi je dis que si quelqu'un est assez bien pour travailler avec vous, il est aussi assez bien pour être votre ami.

— Avez-vous une idée de qui l'a tuée ?

Son visage resta de pierre un long moment. Elle finit par secouer la tête.

— Son cousin Lance, peut-être, ou bien le manager de celui-ci ? insinuai-je.

— Je les en crois capables. Mais pour quelle raison l'auraient-ils fait ?

— Vous y avez donc songé ?

— Comment aurais-je pu ne pas y penser avec ces deux-là qui allaient et venaient autour de la maison d'en face, armés de leurs revolvers, et qui s'entraînaient au tir sur la plage ? Je l'ai dit à Hester le jour où elle est partie, que ce qui était arrivé à son amie devrait lui servir de leçon.

— Mais elle les a quand même suivis ?

— A ce que je crois. Je ne l'ai pas vue partir. Je ne sais ni où elle est allée ni avec qui. Ce jour-là, je rendais visite à ma sœur mariée à San Berdoo.

6

Je ne relatai pas les détails de cette conversation à George Wall qui menaçait de devenir de plus en plus embarrassant. Sur la route de Los Angeles, je tournai dans l'allée menant au *Channel Club*. Wall jeta un regard méchant autour de lui comme s'il redoutait qu'on lui tende un piège.

— Pourquoi revenons-nous ici ?

— Je veux parler au gardien. Il est susceptible de nous donner une piste au sujet de votre femme. Sinon, j'essaierai avec Anton. Pour le moment, restez assis ici. Je veux faire parler Tony et vous risquez de le mettre de mauvaise humeur.

Je le laissai dans la voiture, hors de vue de la grille, et marchai le long de l'allée entre les deux haies de lauriers-roses. Tony m'avait entendu venir. Il sortit de la loge avec un sourire qui faisait briller ses dents en or.

— Qu'est-ce qui est arrivé à votre copain ? Vous l'avez paumé ?

— Pas eu cette veine. Vous avez un neveu, Tony. Celui qui se fait appeler Lance.

Il grogna. Rien ne changea dans sa figure, sauf le sourire qui disparut :

— Qu'est-ce qui se passe à son sujet ?

— Pouvez-vous me dire son véritable nom ?

— Manuel, répondit-il. Manuel Purificación Torres. Le nom que lui avait donné mon frère ne lui a pas semblé assez bon pour sa petite personne. Il a fallu qu'il se le change.

— Où vit-il maintenant, le savez-vous ?

— Non, m'sieur, je ne sais pas. Je n'ai plus rien à voir avec lui désormais. Il était pour moi comme un fils, dans le temps. Plus maintenant. Manuel a encore des ennuis ?

— J'en ai bien l'impression. Qui est son manager, Tony ?

— Il n'en a pas. On ne le laissera plus jamais combattre. Je lui ai servi de manager pendant deux ans, et aussi d'entraîneur. Je l'ai pris en main longtemps et solidement ; je lui ai appris à se servir de son gauche. Il menait une vie honnête, dans ma propre maison : debout à six heures, saut à la corde, haltères et poids, course à pied, cinq kilomètres sur la plage. Des jambes en acier, magnifiques. Et il a détruit tout ça.

— Comment ?

— Toujours la même histoire. Il a gagné deux ou trois petits combats à San Diego. Il s'est tout de suite pris pour un champion. L'oncle Tony, ce pauvre vieil oncle Tony, il est bien trop borné pour m'apprendre à vivre. Il dit : « Laisse tomber les réceptions, les femmes et l'alcool, vends ta saleté de moto avant de t'être rompu le cou avec, et tu auras un avenir. » Seulement, il le voulait tout de suite, l'avenir. Et la terre entière avec. Puis quelque chose est arrivé entre nous : il a fait une chose que je n'ai pas aimée, oh, pas du tout ! J'y ai dit : « Tu veux t'en aller, je te rends ta liberté. » Il a sauté sur sa moto et s'est tiré à Los Angeles. Il vit là-bas comme un gibier de trottoir, dire qu'il n'avait même pas vingt et un ans !

» Un de ces voyous, comme il voulait le devenir, a vu Manuel s'entraîner dans un gymnase. Il lui a proposé de le prendre sous contrat et Manuel a accepté. Il a gagné quelques combats, en a perdu d'autres, s'est fait de l'argent malhonnêtement et l'a dépensé avec des crapules. On l'a pincé avec de la drogue dans sa voiture l'an dernier et on l'a fourré en prison. Quand il en est ressorti, il était suspendu : plus de combats. Ensuite, il est parti à l'armée... Maintenant il est revenu.

Les épaules du vieil homme se courbèrent comme si tout le poids de la terre tombait dessus. J'aurais voulu lui parler de la mort de sa fille, mais la douleur de son regard me retint. Les rides autour de ses yeux, profondes et burinées dans la lumière crue, étaient la marque de coups plus durs que ceux de ses anciens combats.

— Savez-vous le nom de l'homme qui l'avait pris sous contrat ? demandai-je.

— Stern, son nom de famille.

— Carl Stern ?

— Ouais.

D'un regard, il vit l'effet que m'avait fait ce nom.

— Vous le connaissez ?

— Je l'ai vu dans des night-clubs et j'ai quelque peu entendu parler de lui. Si dix pour cent des histoires que j'ai apprises sont vraies, c'est un personnage dangereux. Votre neveu est toujours avec lui, Tony ?

— Sais pas. J'ai l'impression qu'il a des ennuis. Et je crois que vous savez lesquels, sinon vous ne seriez pas venu me parler de lui.

— Qu'est-ce qui vous fait croire cela ?

— Parce que je l'ai vu la semaine dernière. Il était fringué comme une vedette de cinéma et conduisait une bagnole de sport. D'où qu'il sortait l'argent ? Il ne travaille pas et ne peut plus se battre.

— Pourquoi ne le lui avez-vous pas demandé ?

— Ne me faites pas rigoler. Lui demander ! Il ne dirait même pas bonjour à son oncle Tony. Il est trop occupé à se trimballer dans des bolides avec des poupées blondes !

— Une blonde que vous connaissez ?

— Bien sûr ! Elle travaillait ici l'été dernier. Hester Campbell, qu'elle s'appelle. Je pensais qu'elle avait un peu plus de cervelle : s'en aller courir avec mon neveu Manny !

— Où les avez-vous vus ?

— Dans Venice Speedway.

— La petite Campbell, est-ce que ce n'était pas une amie de votre fille ?

Son visage devint dur et sombre.

— Peut-être. C'est tout, monsieur? D'abord vous parlez de mon neveu, ensuite de ma fille.

— J'ai entendu parler de votre fille seulement ce matin. Elle était une amie de la petite Campbell et la petite Campbell m'intéresse.

— Pas moi, et je ne sais rien. Ce n'est pas la peine de continuer à me questionner.

Il avait radicalement changé d'humeur et faisait l'idiot maintenant.

— Je suis un vieux lutteur hors de course. Tous ces coups, ça m'a fatigué le cerveau. Ma fille est morte. Mon neveu est un gibier de potence et les gens viennent me taper sur le nez à tour de rôle, histoire de rire.

7

Les fenêtres d'Anton donnaient sur le boulevard, au second étage d'un immeuble du quartier ouest d'Hollywood. Je grimpai l'escalier extérieur jusqu'au balcon du second. A travers une porte ouverte, je vis une demi-douzaine de filles en collant qui se désarticulaient sur des barres longeant les murs. Je marchai jusqu'à l'extrémité du balcon, suivi de l'odeur douceâtre de jeunes corps en sueur.

Anton était dans son bureau, court et large derrière sa table, dans un costume de gabardine couleur de glace au citron. Son visage était bruni aux ultra-violets. Il se leva avec légèreté, histoire de prouver son éternelle jeunesse.

— Monsieur Archer!

Anton vivait à Hollywood depuis plus longtemps

que moi, mais il prononçait toujours mon nom avec un accent français du plus bel effet. En dépit de cette manie, je l'aimais bien.

— Je suis surpris que vous vous rappeliez mon nom.

— Je pense à vous avec gratitude, répliqua-t-il. Et souvent. Pourquoi êtes-vous venu me voir ?

— On a perdu une jeune fille.

— Hester Campbell, encore ?

— Ouais, ouais !

— Vous êtes engagé par son grand naïf d'époux ?

— Vous êtes très psychologue.

— Ce type est idiot. N'importe quel homme de son âge et de son poids qui court après une femme dans cette ville est un idiot. Pourquoi ne pas rester tranquille, à attendre qu'elles viennent se traîner à vos pieds ?

— Il n'y en a qu'une qui l'intéresse. A présent, si nous parlions d'elle ?

— Que vous en dirais-je ? Elle a pris quelques leçons de danse ici, pendant trois ou quatre mois. Ces jeunes dames vont et viennent. Je ne suis pas responsable de leur vie privée.

— Que savez-vous d'elle ?

— Rien, et je souhaite n'en rien connaître. C'est une jeune femme qui attire les ennuis, il n'y a qu'à la voir pour s'en convaincre. Dites à son mari de l'oublier. J'en ai vu des tas comme elle, amoureuses seulement de leur propre personne. Elles croient vivre pour l'amour de l'art, de la comédie, de la danse ou de la musique. Mais seuls l'argent et les parures les intéressent. Un homme surgit qui peut leur donner tout ça, et c'est la fin de leurs passions artistiques.

Ses mains voltigèrent dans l'air, faisant mine de libérer un oiseau avec un baiser d'adieu.

— Un de ceux-ci s'est-il présenté pour Hester?

— Possible. Elle avait l'air remarquablement prospère à ma réception de Noël. Elle portait une étole de vison toute neuve. Je lui en ai fait compliment et elle m'a informé qu'elle venait de signer un contrat avec un producteur de films.

— Lequel?

— Elle ne me l'a pas dit et ça n'a pas d'importance : elle mentait. C'était une petite histoire inventée à mon profit. Aucun producteur sain d'esprit ne donnerait un contrat à cette fille. Quelque chose lui manque : le talent. La personnalité. Elle est cynique, trop jeune, et ne se donne aucun mal pour le cacher.

— Elle a passé un coup de téléphone d'ici. Le saviez-vous?

— Pas jusqu'à hier. Le mari m'a dit qu'elle avait peur de quelque chose. Peut-être avait-elle trop bu. Il n'y avait rien dans ma soirée qui puisse effrayer quelqu'un; seulement un tas de gens charmants qui s'amusaient ferme.

— Qui était avec elle?

— Un garçon, un très joli garçon. Elle me l'a présenté mais j'ai oublié son nom.

— Lance Torres?

Il battit des paupières.

— Possible. Très sombre, type espagnol. Très bien balancé. Un de ces nouveaux gars du genre apache. Peut-être Miss Seeley pourra-t-elle l'identifier; je les ai vus parler ensemble. Elle est sortie pour prendre son café, mais elle ne va pas tarder.

— En attendant, pouvez-vous me donner l'adresse d'Hester? Sa véritable adresse.

— Elle vit au *Windsor Hotel,* à Santa Monica.

— Vous la savez par cœur, hein?

— Ça m'est revenu. J'ai reçu la même demande d'un autre détective, la semaine dernière.

— De la police ?

— Un privé. Il se prétendait avocat et la recherchait pour une affaire d'héritage, mais son histoire ne tenait pas debout et je ne suis pas un imbécile. Voulez-vous m'excuser maintenant ? Je dois m'habiller pour un cours. Vous pouvez attendre Miss Seeley ici, si vous voulez.

Avant que je puisse lui poser la moindre question supplémentaire, Anton avait franchi une porte derrière lui et disparu. Je m'assis à son bureau et cherchai l'adresse du *Windsor Hotel* dans l'annuaire, puis j'appelai. L'employé me répondit que Miss Campbell n'habitait plus là et était partie deux semaines plus tôt sans laisser d'adresse.

Je remâchais ma déconvenue quand Miss Seeley entra. Je me souvenais d'elle à l'époque où Anton divorçait d'avec sa troisième femme, avec mon aide. Elle était un peu plus vieille, un peu plus mince encore. Son tailleur strict à rayures soulignait la sécheresse de ses formes. Mais elle portait toujours jabot et manchettes d'une blancheur sans espoir.

— Tiens, monsieur Archer. Qu'y a-t-il pour votre service ?

Je lui demandai si elle se rappelait avoir vu Hester à la réception. Elle s'en souvenait fort bien.

— Et son escorte ?

Elle hocha la tête :

— Un rêve. Beau morceau, vraiment. Du moins si on aime le type latin.

— Vous lui avez parlé ?

— Pendant un bon moment. Il avait l'air de ne connaître personne, aussi je l'ai pris sous mon aile. Il m'a parlé de sa carrière d'acteur. Les studios *Helio-Graff* l'ont sous contrat.

— Comment s'appelle-t-il ?

— Lance Leonard. Joli nom, vous ne trouvez pas? Il m'a dit qu'il se l'était trouvé tout seul.

— Il ne vous a pas dit son vrai nom?

— Non. Et il était accroché à Hester, ça se voyait. Ils se tenaient au bar, un peu plus tard, tout près l'un de l'autre et buvant dans le même verre.

Sa voix était rêveuse; elle ajouta comme pour se consoler elle-même :

— Mais ensuite il a montré son vrai caractère.

— Et comment donc?

— Ç'a été affreux, dit-elle avec dégoût. Hester est venue ici pour donner un coup de téléphone. Je lui avais donné les clés. Ce devait être à un autre homme parce qu'il l'a suivie et lui a fait une scène. Ces Latins sont si impulsifs!

— Vous étiez là?

— Je l'ai entendu lui crier après. J'étais alors dans mon propre bureau et n'ai pu m'empêcher d'entendre. Il l'a traitée de tous les noms! Quel type vulgaire!

Elle essaya de rougir mais en vain.

— L'a-t-il menacée de quelque façon?

— Vous parlez! Il disait qu'elle ne durerait pas une semaine de plus si elle ne voulait pas collaborer à l'opération. Elle était dedans plus que n'importe qui et n'allait pas maintenant ruiner sa plus grande chance.

— A-t-il précisé de quelle opération il s'agissait?

— Non, à ce que j'ai pu entendre.

— Ou bien a-t-il menacé de la tuer?

— Il n'a pas dit que lui allait lui faire quoi que ce soit. Il a ajouté que, si elle ne se tenait pas à sa place, un de ses amis s'occuperait d'elle. Quelqu'un prénommé Carl.

— Carl Stern?

— Peut-être. Il n'a pas dit le second nom. Il a juste répété plusieurs fois que Carl la maintiendrait dans les rails.

— Que s'est-il passé ensuite?

— Rien. Ils sont sortis du bureau et sont partis ensemble. Elle avait l'air drôlement dressée, je vous le dis.

8

Il y avait une cabine téléphonique dans la cour et je m'y enfermai avec l'annuaire. Lance Leonard n'y figurait pas, ni Lance Torres, ni Hester Campbell, ni Carl Stern. J'appelai Peter Colton qui venait de prendre sa retraite de plus vieil enquêteur du bureau du D.A.

Carl Stern, à ce qu'il me dit, avait lui aussi pris récemment sa retraite. C'est-à-dire qu'il s'était retiré à Las Vegas afin de rentrer dans la légalité, si une activité légale peut y exister. Stern avait investi son argent dans un grand hôtel et un casino tout nouveau, encore en construction. Personnellement, Colton espérait qu'il y perdrait toute sa sale cuirasse d'or.

— D'où vient-il, cet or, Peter?

— De sources multiples et variées. Stern faisait partie du syndicat du crime. Et puis, pendant un temps, il a financé un réseau de trafic de drogue.

— Comment a-t-il pu décrocher une licence de jeux au Nevada?

— Il n'a pas de licence au Nevada. Avec sa réputation, on ne pouvait tout de même pas lui en accorder une. Il a dû prendre un homme de paille.

— Vous avez une idée de qui ça peut être?

— Simon Graff, répondit Colton. Vous devez le connaître de nom. Leur établissement s'appellera la *Simon Graff's Casbah.*

Cette information me laissa muet un instant.

— Je croyais que l'*Helio-Graff* gagnait de l'argent ?

— Peut-être que Graff espère ainsi en gagner davantage. Je pourrais vous dire ce que je pense de tout ça, mais ça ne serait pas bon pour ma tension.

Il poursuivit néanmoins et m'exposa son opinion d'une voix que la colère entrecoupait :

— Ils n'ont pas la moindre décence, pas le moindre sens de leur responsabilité vis-à-vis du public, ces sacrés salauds de gros bonnets d'Hollywood qui vont à Vegas encourager le crime, servir d'hommes de paille aux gangsters et de prête-noms aux malfaiteurs.

— Stern est-il un criminel ?

— Dix fois et plus, répliqua Colton. Vous voulez des exemples ?

— Pas pour l'instant. Merci, Peter, portez-vous bien.

Je connaissais quelqu'un à l'*Helio-Graff*, un scénariste du nom de Sammy Swift ; je l'appelai.

— Lew ? dit-il. Comment ça va, cher Sherlock ?

— Pas à se plaindre. Je peux toujours me payer ma bière.

— Qu'est-ce qui vous amène, mon vieux ? Je m'excuse de vous bousculer mais je suis en train de me battre avec un texte et les réalisateurs sont sur mes talons.

— Quels sont vos grands projets ?

— Je prends l'avion pour l'Italie avec une équipe de production, la semaine prochaine. Graff veut apporter sa contribution à l'histoire de Carthage.

— L'histoire de Carthage ?

— *Salammbô*, le roman historique de Flaubert. Vous voyez ça ?

— En classe de géographie, j'ai appris que Carthage était en Afrique.

— C'est vrai, mais plus maintenant. Le patron l'a reconstruite en Italie.

— J'ai entendu parler de construction à Vegas, aussi.

— Vous voulez dire la *Casbah* ? Ouais.

— C'est plutôt inhabituel pour un gros producteur de fourrer sa fortune dans les machines à sous, si grosses soient-elles.

— Tout ce que fait le patron est inhabituel. Et maintenant, quel est votre problème ?

— Je cherche seulement à prendre contact avec un nouvel acteur de chez vous, Lance Leonard. Un ami à moi, d'un journal de l'Est, voudrait l'interviewer.

— A propos de l'affaire Carthage ?

— Pourquoi ? Leonard est dedans ?

— Rôle secondaire ; c'est son premier. Vous ne lisez pas les journaux ?

— Pas quand je peux l'éviter. Je suis antilittéraire.

— Les journaux aussi. Et Leonard également, mais ne laissez pas votre copain imprimer ça. Le gosse fera très bien en sauvage africain. Il a de plus jolis muscles encore que Brando, c'est un ancien boxeur.

— Comment s'est-il lancé dans le cinéma ?

— Découverte personnelle du patron.

— Et où parque-t-il ses jolis muscles ?

— A Coldwater Canyon, je crois. Ma secrétaire peut vous chercher l'adresse. Ne lui dites pas que ça vient de moi, quand même. Le gosse a peur de la presse mais un peu de publicité ne peut pas lui faire de mal.

Je pris l'adresse de Coldwater Canyon et ressortis dans la rue. Le soleil cognait sur le toit de la voiture, et George Wall dormait, affalé sur le siège avant, la tête renversée ; le visage était rouge et en nage, les yeux clos. L'intérieur était comme un four.

Le bruit du moteur qui démarrait l'éveilla et il se redressa en se frottant les yeux.

— Où allons-nous ?

— Pas nous. Je vous dépose à votre hôtel. Lequel est-ce ?

— Mais je ne veux pas ! Vous avez découvert où elle est, n'est-ce pas ? Vous ne voulez pas que je la voie.

Je ne répondis pas, il tira sur mon bras droit et la voiture fit une embardée. Je le repoussai vers l'autre bout de la banquette.

— Pour l'amour du ciel, George, détendez-vous ! Si vous me promettez de rester dans la voiture, venez. J'ai une piste qui peut aboutir... ou pas. En tout cas, elle ne marchera sûrement pas si vous vous mettez à l'embrouiller.

— Je ne m'en mêlerai pas, je le promets. Vous ne comprenez pas dans quel état je suis. Je rêvais d'Hester juste au moment où vous m'avez réveillé. J'essayais de lui parler. Elle ne répondait pas et je m'apercevais qu'elle était morte. Je la touchais ; elle était froide comme la neige.

— Allez raconter ça à votre psychiatre, répondis-je sans aménité.

Il m'énervait avec ses jérémiades.

Wall se renferma dans un silence blessé qui se prolongea tout le long de la route menant au canyon. Lance Leonard vivait tout en haut, dans une petite maison neuve en bois rouge montée sur pilotis. Je me rangeai près du chalet et inspectai les alentours. Leonard n'avait pas de voisins immédiats bien que d'autres maisons fussent étagées çà et là sur la colline.

Je clouai George à sa place d'un de mes regards les plus autoritaires et pris l'allée d'asphalte qui menait à la maison. Le garage ouvert contenait un cabriolet Jaguar gris et poussiéreux et une moto de course. Je pressai la sonnette et entendis le timbre résonner dans le silence de la maison.

Un jeune homme vint ouvrir la porte, tout en se peignant avec un peigne de nacre. Ses cheveux étaient noirs, frisés sur le sommet du crâne et lissés sur les tempes. La marche de la porte d'entrée mettait son visage au niveau du mien. Il avait une beauté sombre, à condition de ne pas s'attarder sur la bouche au dessin mou et les yeux un peu chassieux. En pyjama de nylon bleu et les pieds nus, je reconnus le plongeur de la photo de Bassett.

— Monsieur Torres ?

— Leonard, corrigea-t-il.

Ayant remis ses boucles en ordre sur son front, il laissa tomber le peigne dans la poche de son pyjama. Il souriait avec un charme étudié.

— Il faut un nouveau nom pour faire une nouvelle carrière. Quelle est votre mission, captain ?

— J'aimerais voir Mrs. Wall.

— Connais pas. On vous a donné une mauvaise adresse.

— Son nom de jeune fille était Campbell, Hester Campbell.

Il sursauta :

— Hester ? Elle n'a jamais... elle n'est pas mariée.

— Si. Ne vous l'avait-elle pas dit ?

Il jeta un coup d'œil par-dessus son épaule dans la maison, puis revint à moi. Ses mouvements avaient la rapidité de ceux du lézard. Il empoigna le bec-de-cane et tenta de refermer la porte.

— Jamais entendu ce nom. Désolé.

— A qui appartient ce peigne, alors ? Ou bien avez-vous un tel amour de la verroterie ?

Il eut un moment d'indécision ; j'en profitai pour glisser mon pied dans l'embrasure. Je pus jeter un coup d'œil dans la maison jusqu'au mur de verre qui fermait le living-room ; au-delà, la terrasse devait surplomber le canyon : une jeune femme était étendue au soleil. Elle avait un dos long et brun avec un buste plutôt étroit surmontant des hanches blanches. Ses cheveux brillaient comme un plumage argenté.

Leonard sortit en me repoussant, et referma la porte derrière lui :

— Taillez-vous en vitesse, mon pote. Le spectacle n'est pas gratuit aujourd'hui. Et retenez ceci : je ne connais pas d'Hester je-ne-sais-quoi.

— Il y a une minute, vous la connaissiez.

— Peut-être ai-je déjà entendu ce nom quelque part. J'en ai entendu des tas dans ma vie. Quel est le vôtre, par exemple ?

— Archer.

— Qu'est-ce que vous faites ?

— Je suis détective.

Sa bouche prit un pli affreux et ses yeux s'étrécirent. Il sortait d'un milieu où l'on craignait et haïssait les flics ; cette haine latente montait en lui comme une maladie chronique.

— Et qu'est-ce que vous me voulez, flic ?

— Je ne vous veux rien. Je veux Hester.

— Elle est dans le pétrin ?

— Probablement, si elle est de vos relations.

— Bon, bon. De toute manière, il y a longtemps qu'elle m'a laissé tomber. Franchement, je n'ai pas vu cette poulette depuis un bon bout de temps.

— Vous n'avez pas jeté un coup d'œil sur votre terrasse ?

Ses mains se posèrent sur ses hanches. Il se pencha en avant. Sa bouche ressemblait à un mollusque rouge :

— Cessez de me traiter de menteur. J'ai une réputation à maintenir, aussi j'encaisse et j'essaie de me tenir comme un gentleman. Mais vous feriez bien de quitter mon terrain ou je vous écrabouille, flic ou pas flic !

— Ça ferait bien dans les potins des journaux ! Toute la distribution y passerait.

— Quelle distribution ?

Il jeta un coup d'œil anxieux vers l'allée où ma voiture était garée. Le visage de George apparut à la fenêtre comme une grosse lanterne rousse.

— Qui est votre copain ?

— Son mari.

Les yeux de Leonard prirent une expression dubitative. En même temps, son épaule droite s'effaça. Le bras rejeté en arrière conduisit son poing droit au-dessous de ma cage thoracique, trop vite pour que je puisse le bloquer, et je me retrouvai assis sur le pavé. J'avais la tête froide et claire comme un aquarium mais les brillantes idées qui la traversaient n'avaient aucune influence sur le comportement de mes jambes.

Leonard se tenait debout, les poings prêts à m'accueillir dès que je me relèverais. Ses cheveux étaient retombés en avant sur ses yeux, d'un noir bleuté et brillants comme des copeaux d'acier. Ses pieds nus dansaient légèrement sur la pierre. J'essayai de les attraper et ne saisis que du vent. Leonard me souriait d'en haut en dansant toujours.

— Vous me le paierez, pugiliste à la manque ! marmonnai-je entre deux inspirations difficiles.

— C'est ça, bonhomme.

La porte s'ouvrit derrière lui et la blonde sortit. Elle portait des lunettes noires à monture de nacre assortie au peigne. Son visage brillait d'huile solaire ; une serviette-éponge était enroulée sous ses bras et soulignait les courbes de son corps.

— Qu'est-ce que c'est que ce type ? Tu l'as corrigé ?

— Qu'est-ce que tu crois ?

— Je crois que tu es cinglé de prendre des risques pareils.

— Moi, je prends des risques ? Qui t'a cloué le bec au téléphone ? C'est toi qui as amené ce bâtard ici.

— D'accord. Depuis j'ai changé d'avis.

— La ferme ! fit-il avec un mouvement des épaules. Et rentre !

Un bruit de course retentit dans l'allée et George Wall cria :

— Hester ! Je suis ici !

Ce que je pouvais observer du visage de la fille ne changea pas d'expression. Leonard posa la main sur son buste et la repoussa à l'intérieur en refermant la porte sur elle. Il se retourna au moment où George allait l'atteindre et l'accueillit d'un direct léger en pleine figure. George s'arrêta net. Leonard attendit, avec une expression douce et attentive, comme celle d'un amateur de musique au concert.

Je me relevai et les regardai se battre. George cherchait la bagarre ; il avait l'avantage de la taille, du poids et de l'allonge ; je ne m'en mêlai pas. C'était comme de voir un homme aux prises avec une machine. Leonard passa au corps à corps et commença à lui marteler l'estomac. Ses coudes allaient et venaient comme des pistons bien huilés. Quand il s'arrêta, George se plia en deux. Il tomba sur les genoux puis se releva, très pâle.

Il lança un coup de poing qui déchira d'un seul coup son emmanchure, sans autre résultat. Leonard avait incliné la tête de quelques centimètres et laissé passer le poing. George perdit l'équilibre et Leonard le cueillit entre les deux yeux, de son poing droit, récidiva du gauche et recula. La tête de George fit un bruit creux en heurtant le sol. Il resta étendu. Leonard se frottait les articulations du poing droit avec la main gauche comme si ç'avait été un bronze d'art. Il se balança sur un pied et souleva le bras inerte de George du bout de son gros orteil :

— Vous feriez peut-être bien de l'emmener chez un médecin.

— Peut-être bien.

— Je l'ai cogné joliment fort.

Il me montra les articulations de sa main droite; elles étaient meurtries et tournaient au bleu. A part cela, le combat l'avait plutôt mis en forme. Il était de bonne humeur, détendu, et piaffait un peu à chaque mouvement comme un jeune étalon. La blonde le regardait de la fenêtre. Elle avait mis une robe de toile. Son regard croisa le mien et elle se recula vivement.

Leonard ouvrit un robinet d'arrosage et envoya un jet d'eau froide sur la tête de George qui ouvrit les yeux et essaya de s'asseoir.

— Ça ira très bien, fit Leonard en coupant l'eau. Ils ne reviennent pas si vite quand ils ont un mauvais coup. De toute manière, je l'ai frappé en état de légitime défense, vous en êtes témoin. Si jamais ça fait des histoires, vous n'aurez qu'à vous mettre en rapport avec Leroy Frost à l'*Helio.*

— Leroy Frost est votre patron direct, hein?

Il me jeta un sourire un brin anxieux :

— Vous connaissez Leroy?

— Un peu.

— Peut-être vaut-il mieux ne pas le mêler à tout ça, hein? Il fera des tas d'histoires. Combien vous faites-vous par jour?

— Cinquante, quand je travaille.

— Qu'est-ce que vous diriez si je vous filais cinquante billets pour vous charger de cette carcasse?

Il jouait la grande scène de charme.

— En outre, je m'excuse. J'ai perdu la tête un instant, je n'aurais pas dû commencer par vous envoyer ce coup. Vous me le rendrez un de ces jours.

— Ça, peut-être bien que oui.

— Bien sûr, et je vous l'accorderai volontiers.

Il me tendit la main. Je fermai la mienne et la lui envoyai dans la mâchoire. Ce n'était pas d'une grande élégance, je l'avoue. Mes jambes n'obéissaient pas encore très bien. Si je le ratais, il n'avait qu'à s'approcher pour me découper en rondelles. Mais le point d'impact était bien choisi.

Je le laissai sur le flanc. La porte de devant n'était pas verrouillée et j'entrai. La fille n'était ni dans le living-room ni sur la terrasse. Sa serviette-éponge gisait sur le parquet de la chambre. Un chapeau de soleil en paille tressée gisait à côté. La bande de cuir, à l'intérieur, portait l'inscription : « Fait à la main au Mexique pour *Taos' Shop.* »

Un moteur toussa et rugit de l'autre côté du mur. Je trouvai la porte de l'office qui ouvrait sur le garage. Elle était au volant de la Jaguar, me fixant, la bouche grande ouverte. Elle referma la portière avant que j'aie pu attraper la poignée. La Jaguar bondit sur l'allée en marche arrière, manœuvra à toute vitesse et fonça sur la route. Je ne tentai pas de la suivre. Je ne pouvais pas laisser George avec Leonard.

Ils étaient assis par terre, devant la maison, échangeant des regards mauvais. La bouche de George saignait et une de ses paupières était en train de changer de couleur. Leonard ne portait aucune trace du combat mais je vis, à sa manière de se relever, qu'il avait quelque chose de changé : son regard traqué, furtif, comme si je lui rappelais un mauvais souvenir. Il se passait sans arrêt la main devant le nez et la bouche.

— Vous en faites pas, lui dis-je. Vous êtes toujours beau.

— Vous trouvez ça marrant ? Je vous tuerais bien sans cela, fit-il en agitant sa main meurtrie.

— Vous m'avez offert ma revanche, souvenez-vous. Maintenant nous sommes quittes. Où est-elle partie ?

— Vous pouvez aller au diable !

— Vous feriez mieux de me donner son adresse. J'ai son numéro minéralogique. Je peux la faire rechercher.

— Allez-y donc.

Il me jeta un regard supérieur, ce qui signifiait probablement que la Jaguar lui appartenait.

— Pourquoi a-t-elle changé d'avis brusquement ? Pourquoi a-t-elle voulu rejoindre son mari ?

— Je ne lis pas dans la pensée. Je ne sais rien d'elle. Je suis à la disposition d'un tas de femmes. Elles me courent toutes après ; probable que je leur fais de l'effet.

Je l'empoignai. Il recula, le visage contracté.

— Bas les pattes ! Et sortez votre viande de chez moi. Je vous préviens que j'ai un revolver chargé dans la maison.

Il alla jusqu'à la porte, puis se retourna pour nous regarder. George était à quatre pattes maintenant. Je passai un de ses bras autour de mes épaules et le hissai sur ses pieds. Il marchait comme un homme essayant de garder son équilibre sur un matelas à ressorts. Je jetai un dernier coup d'œil vers la maison : Leonard, sur le seuil, se repeignait soigneusement.

9

Je conduisis lentement en descendant Beverly Hills, un peu secoué par les incidents précédents. Il y a des jours où il suffit de poser le doigt sur le nœud de l'histoire pour que tout s'ordonne autour, suivant un plan rationnel, mais il y a aussi des jours où ce truc ne veut pas marcher.

Je me faisais du souci pour George : assis, prostré en avant, la tête dans les mains, il gémissait par intervalles. Je l'emmenai chez mon propre médecin, un nommé Wolfson, qui le fit s'étendre sur sa table de consultation, le passa à la radio, le palpa de ses longs doigts exercés, lui envoya des petites lumières dans l'œil.

— Comment est-ce arrivé ? demanda-t-il.

— Il est tombé et s'est tapé le crâne sur un dallage de pierre. Comment va-t-il ?

— Pas trop bien. Vous êtes-vous jamais heurté la tête ?

— Si, en jouant au football, répliqua George.

— Méchamment ?

— Je crois ! Je suis resté dans les pommes deux fois.

— J'aime pas ça, marmonna Wolfson à mon intention. Vous devriez l'emmener à l'hôpital. Il faut qu'il passe au moins deux jours au lit.

George s'était assis, repoussant le praticien loin de lui. Ses yeux roulaient lourdement entre ses paupières tuméfiées.

— Non ! cria-t-il. Deux jours, c'est tout ce dont je dispose. Il faut que je la voie.

— Voir qui ? fit Wolfson, les sourcils levés.

— Sa femme. Elle l'a quitté.

— Et alors ? Ça arrive tous les jours, ces choses-là ! Ça n'empêche pas qu'il doit aller au lit.

George balança ses jambes sur le côté de la table et se leva en tremblant. Son visage était couleur de ciment frais.

— Je refuse d'aller à l'hôpital.

— Je peux l'emmener se coucher chez moi, proposai-je. Est-ce que ça ira ?

Wolfson me jeta un regard dubitatif :

— Croyez-vous pouvoir le faire tenir tranquille ?

— Je pense.

— Si c'est le mieux que nous puissions faire, fit Wolfson en haussant les épaules. Je vais lui donner un calmant et je veux le revoir plus tard.

— Vous connaissez mon adresse, répondis-je.

Je vivais dans un logement de deux pièces dans un pâté de maisons d'Olympic. Pendant un temps, la seconde pièce était restée sans occupant. Puis elle avait servi à une autre époque. Quand elle était devenue définitivement vacante, j'avais vendu le lit et transformé la pièce en débarras que, pour des raisons personnelles, je tenais en horreur.

Je fourrai George dans mon lit. En disposant les vêtements fripés sur le dossier d'une chaise, je me demandai ce que je faisais là et pourquoi. Je regardai au-delà du couloir la chambre sans lit, inhabitée. Les regrets me montèrent à la gorge avec un mauvais goût. Il me sembla tout à coup très important que George retrouve sa femme et que tous deux puissent repartir ensemble... et vivre toujours heureux.

Sa tête roulait sur l'oreiller. Il était à moitié inconscient maintenant, sous l'influence à la fois du calmant et des poings de Leonard.

— Écoutez-moi, Archer. Vous êtes chic avec moi. Qui sont tous ces gens qui entourent Hester ? Et ce petit moricaud en pyjama ?

— Un garçon nommé Torres. Il était boxeur dans le temps si ça peut vous consoler.

— Est-ce lui qui la menace ?

— Apparemment.

George se souleva sur les coudes :

— J'ai déjà entendu ce nom. Hester avait une amie, dans le temps, nommée Gabrielle Torres.

— Elle vous a parlé de Gabrielle, n'est-ce pas ?

— Oui. Elle m'a dit, la nuit où elle m'a... confessé ses péchés... Son amie avait été tuée à coups de revolver, au printemps de l'autre année. Hester avait quitté la Californie juste après.

— Pourquoi ?

— Je ne sais pas. Elle semblait se reprocher la mort de l'autre fille. Et elle avait peur d'être citée comme témoin si jamais l'affaire venait en justice.

— Ce qui n'est pas arrivé. Que vous a-t-elle raconté d'autre, George ?

— Elle m'a parlé des hommes qui avaient été ses amants depuis le tout début de son adolescence.

— Des hommes avec qui Hester avait couché ?

— Oui. Ça m'a fait encore plus de mal que l'autre histoire.

« Réaction naturelle et humaine », pensai-je.

George ferma les yeux. Je baissai les stores et passai dans l'autre pièce pour téléphoner au quartier général de la police ; je demandai Mercero, un vieil ami à moi, qui me promit de se renseigner rapidement sur le numéro de la Jaguar.

Je restai assis à côté du téléphone, allumai une cigarette et essayai d'avoir une brillante intuition, comme tous les bons détectives de romans policiers, et quelquefois aussi les vrais. Ma seule déduction en cet instant fut que la Jaguar appartenait à Lance Leonard et que je me trouvais dans un cercle vicieux.

La fumée de la cigarette qui rugissait dans mon estomac me rappela que j'avais faim. Je me préparai à la cuisine un sandwich au jambon et au fromage et ouvris une bouteille de bière. Le téléphone sonna au moment où je terminais mon dîner.

— Mercero ? m'écriai-je, mais ce fut la voix de Bassett qui siffla à mon oreille :

— J'ai essayé de vous joindre plus tôt.

— Je suis ici depuis une bonne demi-heure.

— Alors l'avez-vous retrouvée, ou êtes-vous seulement sur la piste ?

— Je l'ai retrouvée et reperdue.

Je me lançai dans une explication ponctuée de oh ! et de ah ! à l'autre bout de la ligne.

— Je ne dois pas être dans un de mes bons jours. Et ma plus grosse erreur a été de laisser Wall m'accompagner.

— Pour quelles raisons supposez-vous qu'Hester l'a fui, cette fois-ci ?

— Par simple panique, probablement. Mais peut-être que non. Cette affaire n'est pas seulement une histoire de femme perdue et retrouvée. Gabrielle Torres revient sans cesse dans le circuit.

— C'est moche que vous veniez me parler d'elle. Je n'arrête pas d'y penser depuis ce matin... depuis que nous en avons parlé à propos de la photo.

— C'est la même chose pour moi. Ils sont trois sur cette photo : Gabrielle, Hester et Lance. Gabrielle a été assassinée et on n'a jamais pris l'assassin. Lance était son cousin ; Hester sa meilleure amie. Je suis sûr qu'elle sait quelque chose au sujet de ce meurtre ; quelque chose que personne d'autre ne connaît.

— L'a-t-elle laissé entendre ?

— Pas à moi. A son mari. Et c'est joliment vague. Sinon que près de deux ans plus tard, la voilà installée confortablement à Coldwater Canyon, avec, à ses côtés, un petit copain aux gros poings.

— Ça donne à penser, hein ?

Je l'entendis siffloter nerveusement.

— Et vous, qu'est-ce que vous en concluez ?

— Chantage. Ça me semble le plus simple. Et le plus simple est souvent le meilleur. Lance laisse courir le bruit qu'il est sous contrat à l'*Helio-Graff* et ça semble régulier. La question est de savoir comment il a réussi à se faire engager. Il est beau gosse, mais on en demande davantage aujourd'hui. En plus de tout ça, Hester aussi clame qu'elle a un contrat.

— Avec l'*Helio-Graff* ?

— Je ne sais pas encore mais ça ne saurait tarder.

— Et vous vous retrouverez probablement à l'*Helio-Graff*.

Sa voix était devenue coupante.

— J'ai hésité à vous en parler, bien que ce soit la raison de mon appel. Dans ma position, on acquiert l'habitude de la discrétion. Cependant, au cours d'une conversation ce matin, le nom d'Hester a été prononcé. Et aussi celui de Simon Graff. On les a aperçus ensemble dans des circonstances plutôt compromettantes.

— Où ?

— Dans un hôtel de Santa Monica. Le *Windsor,* je crois.

— Ça colle ! C'est là qu'elle habitait. Quand était-ce ?

— Il y a quelques semaines. Mon informateur les a vus sortir d'une chambre à l'un des étages supérieurs. Du moins, Mr. Graff en sortait. Hester était restée sur le pas de la porte.

— Qui est votre informateur ?

— Je ne peux vraiment pas vous le dire, mon vieux, c'est un de nos membres.

— Simon Graff aussi. Est-il toujours chez vous ?

— Non. Il est parti il y a quelques heures.

— Où pourrais-je le trouver ?

— Je n'en ai aucune idée. Il donne une réception ici ce soir mais vous ne pourrez pas l'approcher.

— Cet informateur secret... ne serait-ce pas Mrs. Graff ?

— Bien sûr que non...

Sa voix avait faibli. Ou bien il mentait, ou bien la décision qu'il avait prise de m'avertir de l'incident de l'hôtel *Windsor* l'avait vidé de toute son énergie.

— ... Vous ne pouvez même pas vous arrêter à ce genre d'idée !

— Très bien, répliquai-je, mais je m'y arrêterai néanmoins.

J'appelai la police et obtint Mercero.

— Désolé, Lew, rien pu faire, dit-il. Trois accidents depuis ton premier appel.

Il raccrocha sans attendre.

Ça ne faisait rien. L'affaire prenait tournure, comme les instruments s'accordent péniblement avant le concert. Je tenais le fin bout d'une piste, un chapeau de soleil provenant d'une boutique de Santa Monica. Je sentais aussi le petit choc au cœur qui vous avertit qu'il va se passer quelque chose.

J'allai voir George avant de quitter la maison. Il ronflait. Je n'aurais jamais dû le laisser.

10

Taos' Shop était un petit piège à touristes sur la grand-route de la côte. On y vendait des couvertures navajos, des bijoux exotiques, des paniers, chapeaux et poteries dans un désordre artistique étudié. Une souris blonde en blouse indienne brodée agitait son éventail avec langueur en me demandant ce que je désirais : un cadeau pour ma femme, peut-être ? Je lui répondis que je cherchais la femme d'un autre. Elle avait des yeux romantiquement fardés : je pouvais faire tout de suite dans le mélo.

— Comme c'est passionnant ! Vous êtes détective ? s'exclama-t-elle.

J'acquiesçai, mais, quand je lui parlai du chapeau, elle secoua la tête avec regret :

— Je suis désolée. Je suis sûre qu'il vient de chez nous : nous les importons nous-mêmes du Mexique. Mais nous en vendons tellement que je ne pourrais vraiment pas... Peut-être que si vous me la décriviez ?

Ce que je fis. Elle secoua de nouveau la tête d'un air peiné :

— Je n'ai jamais pu distinguer une blonde d'Hollywood d'une autre ! Je suis désolée de ne pas pouvoir vous aider.

— Merci de votre bonne volonté. De toute manière, ç'aurait été un coup de chance. Elle s'appelle Hester Wall, à propos. Ça ne vous rappelle rien ?

— Hester ? Je connaissais une Hester, mais son nom n'était pas Wall. Sa mère travaillait ici.

— Comment s'appelait-elle ?

— Campbell.

— C'est la mienne. Campbell est son nom de jeune fille.

— Ça alors, n'est-ce pas passionnant ? fit-elle avec un sourire extasié. Je suppose que vous la recherchez à propos de son héritage ?

— Héritage ?

— Oui. C'est pour cela que Mrs. Campbell a quitté son travail.

— De qui venait cet héritage ?

— De son mari, son dernier mari...

Elle s'arrêta et sa bouche s'abaissa aux commissures.

— C'est triste, vous ne trouvez pas ? Personne ne peut hériter sans que quelqu'un meure !

— Ça, c'est vrai. Et vous dites que son mari est mort ?

— Oui. Elle avait fait un riche mariage au Canada, et il est mort.

— C'est Hester qui vous a dit cela ?

— Non. Sa mère. Je ne connais pas Hester. J'espère que ce n'est pas une fausse information. Nous étions toutes si excitées quand Mrs. Campbell a reçu la nouvelle. C'est un amour, un si gentil oiseau pour son âge ! Et elle avait l'habitude d'avoir de l'argent dans le temps, vous savez !

— Quand a-t-elle découvert cela ?

— Il y a environ deux semaines. Elle n'est partie que depuis quelques jours seulement. Elle allait vivre avec sa fille.

— Alors, elle pourra me dire où la trouver. Si seulement vous voulez bien m'indiquer son adresse.

— Je dois l'avoir quelque part.

Mrs. Campbell habitait une rue bordée de pauvres petites maisons de stuc et de bois à moitié dissimulées sous de grands chênes. A leur ombre, des enfants jouaient à des jeux meurtriers : « Bang-bang : tu es mort, je ne suis pas mort, si, tu es tout à fait mort. » Il y avait une pancarte en carton à la grille avec l'inscription toute fraîche : À VENDRE.

Je frappai à la porte. Un petit guichet grillagé s'ouvrit dans le battant et un œil apparut. Bleu, pâle, avec des cils recourbés et accompagné d'une voix accordée à celle des moineaux sur les chênes.

— Bonjour, vous venez de la part de Mr. Gregory ?

Je marmonnai une phrase inaudible qui pouvait aussi bien dire oui.

— Je vous attendais.

Elle déverrouilla la porte et l'ouvrit toute grande.

— Entrez, monsieur... ?

— Archer, dis-je.

— Ravie de faire votre connaissance, monsieur Archer.

C'était une petite femme au corps mince dans une robe de cotonnade bleue, trop courte et d'allure trop jeune pour son âge. Elle devait avoir près de cinquante ans bien que toute son apparence conspirât à lui en donner moins. Pendant un instant, dans la lumière tamisée du couloir, sa voix d'oiseau et sa grâce maniérée pouvaient créer l'illusion d'une adolescente blonde.

Mais dans la lumière crue du living-room, l'impression se dissipait. Les petites rides de l'expérience avaient marqué ses paupières, le contour de sa bouche, et son sourire ne parvenait pas à les faire oublier. Ses cheveux blond cendré tournaient au gris et les tendons de son cou commençaient à saillir. Elle me plaisait toutefois, et s'en rendait compte : elle n'était sûrement pas idiote.

La pièce était encombrée de vieux meubles trop grands pour elle : une immense table de salle à manger flanquée de hautes chaises espagnoles, un gros divan de la même peluche rouge que les épaisses draperies qui encadraient la fenêtre. Tout ceci contrastait curieusement avec les murs lépreux et le plafond verdâtre marqué de traces d'humidité. Mrs. Campbell se percha sur le divan à côté de moi.

— Je suis pressée, c'est pourquoi je veux vendre sans tarder, sans même faire un sou de profit, dit-elle. Je dois quitter cette maison au début de la semaine prochaine pour aller vivre avec ma fille qui a racheté notre ancienne demeure de Beverly Hills. Ma fille va partir pour l'Italie pour un mois ou plus, aussi veut-elle m'installer dans la grande maison, pour la tenir pendant qu'elle sera partie. Ce que je suis ravie de faire pour elle, je peux vous le dire.

— Certainement, approuvai-je. On dirait qu'elle a eu une bonne rentrée d'argent.

— Oui, fit-elle en tapotant ma manche. Je lui avais dit que ce serait possible si elle gardait bon espoir, travaillait dur et se rendait attirante. Le jour même où nous avons quitté la maison, j'ai assuré à mes filles que nous y reviendrions un jour. Et, bien sûr, c'est ce qui est arrivé. Hester se retrouve à la tête de cette mine d'uranium.

— Elle a trouvé de l'uranium ?

— Mr. Wallingford, un prospecteur canadien, en a trouvé. Hester a épousé un homme assez âgé. Malheureusement, le pauvre est mort avant un an de mariage. Je ne l'ai jamais vu.

— Comment s'appelait-il ?

— George Wallingford. Hester reçoit une pension substantielle de l'État. Et puis elle va gagner de l'argent avec son cinéma aussi. Tout semble tourner à son avantage, finalement.

Je la regardai attentivement, mais rien dans son attitude n'indiquait si elle mentait sciemment ou non.

— Mon mari était acteur et moi aussi, expliqua-t-elle. J'ai élevé mes filles en vue du succès. Une des deux, du moins, a fait de son mieux.

— Qu'a fait votre autre fille ?

— Rina ? Elle est infirmière dans un hôpital psychiatrique, vous vous rendez compte ? Ç'a toujours été une source d'étonnement pour moi que deux filles si proches par l'âge et la ressemblance physique puissent avoir des tempéraments si différents. Rina, d'ailleurs, n'a pas de tempérament. Malgré toute l'éducation artistique que je lui ai donnée, elle est devenue aussi froide et dure et pratique que possible. Oh ! je tomberais des nues si jamais Rina m'offrait un foyer. Elle passe son temps avec des gens impossibles, des fous. Comment une jolie fille peut-elle faire un métier pareil ?

— Peut-être veut-elle les aider.

Mrs. Campbell hocha la tête :

— Elle aurait pu trouver un métier plus féminin. Hester aussi apporte un réconfort aux autres sans pour autant perdre son charme.

Je dus avoir une expression bizarre. Elle me jeta un regard aigu puis cligna des paupières, rouvrit les yeux tout grands et reprit son expression ravie :

— Mais il ne faut pas que je vous ennuie avec mes affaires de famille. Vous êtes venu pour voir la maison. Il y a juste trois pièces, mais elle est très commode, surtout la cuisine.

— La question n'est pas là, Mrs. Campbell. J'abuse de votre hospitalité.

— Mais pourquoi donc ? Pas du tout.

— Je crois bien que si. Je suis détective.

— Détective ?

Ses doigts minces s'agrippèrent à mon bras. Elle dit, d'une voix changée, plus basse au moins d'une octave :

— Est-il arrivé quelque chose à Hester ?

— Non, pas que je sache. Simplement, je la recherche.

— Elle a des ennuis ?

— Elle risque d'en avoir.

— Je m'en doutais. J'avais si peur que quelque chose ne marche pas. Je suis dans un sale pétrin, dit-elle d'une voix enrouée en portant les mains à son visage. J'ai abandonné mon travail et suis couverte de dettes. Si Hester me laisse tomber maintenant, je ne sais pas ce que je vais faire.

Elle laissa retomber ses mains et releva le menton.

— Bon, écoutons les mauvaises nouvelles. Tout ça, c'était un faisceau de mensonges, n'est-ce pas ?

— Comment ? Expliquez-vous !

— Ce que je viens de vous raconter ; le riche mari

qui est mort, le contrat de cinéma, le voyage en Italie. J'avais des doutes, vous savez. Je ne suis pas tout à fait idiote.

— Une part peut être vraie, une autre non. Son mari n'est pas mort. Il n'est ni vieux ni riche et veut qu'elle lui revienne. Voilà pourquoi je suis ici.

— C'est vraiment tout ? Non. Vous me cachez quelque chose. Vous avez admis qu'elle avait des ennuis.

— Seulement qu'elle risquait d'en avoir.

Elle se mit debout en face de moi, les poings posés sur ses hanches inexistantes, penchée en avant comme un petit coq de combat.

— N'essayez pas de me donner le change; je connais les habitants de cette sale ville, ça fait des années que j'y vis. A-t-elle oui ou non des ennuis ?

— Je ne peux pas vous répondre, madame Campbell. Pour le moment, rien n'est retenu contre elle. Tout ce que je veux, c'est lui parler.

— A quel sujet ?

— A propos de son retour auprès de son mari.

— Qui est-il ?

— Un jeune journaliste de Toronto. Il s'appelle George Wall.

— George Wall, répéta-t-elle. George Wallingford.

— Oui, répliquai-je, ça colle.

— Quelle sorte d'homme est-il, ce George Wall ?

— Un brave type, quand il aura fini de grandir.

— Il est amoureux d'elle ?

— Beaucoup. Peut-être même trop.

— Et ce que vous désirez, c'est son adresse, n'est-ce pas ?

— Si vous la connaissez.

— Je pense bien. J'ai vécu là pendant près de dix ans : 14 Manor Crest Drive, Beverly Hills. Mais pourquoi ne pas l'avoir dit plus tôt ? Vous m'avez laissée vanter ma marchandise et faire l'idiote. Pourquoi m'avoir ridiculisée comme ça?

— Je suis désolé. Ce n'était pas très gentil. Mais cette histoire peut être plus qu'un cas de fuite conjugale. Vous avez vous-même l'impression qu'Hester a des ennuis. L'avez-vous beaucoup vue cet hiver?

— Très peu. Je n'ai passé qu'un week-end avec elle... il y a huit jours.

— Dans la maison de Beverly Hills?

— Oui. J'ai été étonnée et ravie. Nous n'avions pas été aussi proches depuis plusieurs années. Je l'avais à peine vue, en fait. Et puis, tout à coup, elle me demande de venir vivre avec elle.

— Pour quelle raison, à votre avis?

La question sembla ébranler son côté réaliste. Elle s'assit sur le bord d'une chaise, d'un air réfléchi, les doigts posés sur la tempe :

— C'est difficile à dire. Certainement pas pour mes beaux yeux. Bien sûr, elle doit s'en aller et a besoin de quelqu'un pour tenir la maison. Et puis, elle doit se sentir seule.

— Et effrayée?

— Hester n'agit pas comme si elle avait peur. Mais comment savoir ce qu'elle ressent? Mes filles ne me disent jamais rien.

Elle mordit l'articulation de son pouce droit et fit une grimace de bébé.

— Dois-je toujours déménager le premier de l'an? Croyez-vous que je le puisse?

— A votre place, je n'y compterais pas.

— Mais la maison doit lui appartenir. Elle ne dépenserait pas tout cet argent à la décorer sans ça. D'où vient donc cette fortune?

— Je n'en ai aucune idée, répliquai-je, bien que ce ne fût pas le cas.

11

Manor Crest Drive était une calme avenue bordée de palmiers. Quelques-unes des maisons affectaient le style pseudo-Tudor avec leurs façades aux porches sculptés. D'autres étaient des imitations de la Renaissance espagnole, avec des murs épais et des fenêtres rares, semblables à des forteresses de stuc bâties pour résister aux invasions mauresques. Le n° 14 était une de ces dernières.

Elle était bâtie en retrait, derrière une haie de cyprès ; l'eau d'un tuyau d'arrosage dansait au-dessus de la haie et prit des couleurs d'arc-en-ciel au moment où je passais. Une Jaguar grise et poussiéreuse était rangée dans l'allée.

Je laissai ma voiture en face d'une des maisons voisines et m'engageai dans l'allée derrière la Jaguar. D'après la carte glissée dans le tableau de bord, elle appartenait à Lance Leonard.

Je me retournai et examinai la façade de la demeure. Des gouttes microscopiques jaillies du jet d'eau vinrent mouiller mon visage. C'était le seul signe de vie alentour. La porte de chêne noir était fermée, les rideaux tirés devant les fenêtres. Le toit de tuiles roses se pressait sur la maison comme un couvercle hermétique.

Je gravis les marches du perron, poussai le bouton et entendis le timbre électrique résonner au loin dans la maison. Je crus percevoir un bruit de pas se rapprochant de la porte bardée de ferrures. Puis il me sembla entendre une respiration. Je frappai à la porte et attendis. Le souffle, de l'autre côté, s'éloigna ou cessa.

Je cognai de nouveau plusieurs fois et attendis encore un peu, en vain. En redescendant l'allée, il me sembla surprendre, du coin de l'œil, un mouvement.

La draperie de la dernière fenêtre avait-elle remué ? Quand je regardai bien en face, le voilage était revenu à sa place. J'enjambai un massif et allai taper à la vitre, histoire de voir. Je ne vis rien.

Je revins à ma voiture, fis un demi-tour en épingle à cheveux au carrefour le plus proche, dépassai de nouveau la maison au toit de tuiles et me rangeai de manière à pouvoir surveiller l'entrée dans mon rétroviseur. La rue était très calme. De chaque côté, les palmiers se découpaient sur le ciel. Rien ne laissait percevoir l'écoulement du temps, sinon le tic-tac de mon bracelet-montre dont l'aiguille venait de dépasser deux heures.

Vers deux heures dix, une voiture apparut, venant de la direction de l'hôtel de ville. C'était une vieille Lincoln noire, longue, lourde et sinistre comme un corbillard, avec des rideaux gris tirés sur les fenêtres arrière, qui accentuaient encore sa ressemblance funeste. Un homme au chapeau noir était au volant. Il roulait à soixante-dix à l'heure dans une zone limitée à quarante. Au moment où il s'engageait dans la rue où je me trouvais, il commença à ralentir.

Je saisis un journal de la veille qui traînait sur le siège arrière et le dépliai devant le volant, de manière à dissimuler mon visage. La Lincoln sembla mettre très longtemps pour me dépasser. Enfin ce fut fait. Avec ses petits yeux, son nez épaté, sa bouche informe, le visage du conducteur était d'une laideur inoubliable.

Il tourna dans l'allée du n° 14 et alla se ranger à côté de la Jaguar. L'homme sortit et se dirigea vers la porte, d'une démarche rapide et souple qui laissait ses épaules immobiles. Dans le long et étroit pardessus anthracite, le corps un peu penché en avant, il avait l'air d'une torpille glissant sur un affût.

La porte fut ouverte avant qu'il ait frappé, je ne pus

voir par qui. Elle resta fermée un moment, deux ou trois longues minutes, puis Lance Leonard sortit de la maison. En quelques sauts rapides, comme un pantin monté sur ressort, il descendit les marches et se dirigea vers la Jaguar sans prendre garde au système d'arrosage qui mouilla au passage sa chemise de soie blanche et tacheta son pantalon beige clair.

La Jaguar recula en rugissant dans la rue. Au moment où elle passait dans un grand crissement de pneus, je pus surprendre l'expression de Leonard : son visage était blanc, ou plutôt jaunâtre, d'une pâleur mortelle. Le nez et le menton semblaient pincés. Les yeux brillaient d'un sombre éclat. Il ne me vit pas.

La Jaguar s'éloigna et le silence reprit ses droits. Je pris le calibre 38 que je garde dans le compartiment du tableau de bord et le glissai dans ma poche. La Lincoln portait une plaque au nom de Theodore Marfeld, habitant Coast Highway, au sud de Malibu. L'intérieur poussiéreux sentait le chat mouillé, et la pendulette du tableau de bord était arrêtée à onze heures trente.

Je gagnai la porte de la maison et levai le poing pour cogner quand je vis qu'elle était restée entrouverte. Je la poussai un peu plus et pénétrai dans un hall sombre au plafond mauresque en rotonde. A ma gauche, une volée de marches de briques roses montait vers l'étage. A droite, une porte laissait passer un flot de lumière qui brillait sur le carrelage et les marches de l'escalier.

Une ombre au chapeau rabattu surgit dans la clarté et obscurcit presque totalement le hall. La tête et les épaules de Nez-Cassé se découpèrent dans l'embrasure.

— Monsieur Marfeld ? questionnai-je.

— Ouais. Qui diable êtes-vous ? Vous n'avez pas le droit de vous introduire dans une propriété privée. Allez au diable !

— J'aimerais parler à Miss Campbell.

— A quel sujet? Qui vous envoie? marmonna-t-il.

— Sa mère. Je suis un ami de la famille. Et vous, êtes-vous aussi un ami de la famille?

Je tenais mon revolver dans ma poche, le doigt sur la détente.

Marfeld semblait embarrassé. Sa main gauche était hors de vue derrière l'embrasure de la porte. Il se passa la droite sur le bas du visage. Une tache rouge, sur le bout de son pouce, laissa une empreinte sur le côté de son joli nez.

— Vous vous êtes coupé? demandai-je.

Il retourna sa main et regarda son pouce, puis referma les doigts, le pouce à l'intérieur.

— Ouais, j'me suis coupé.

— Je suis secouriste de première classe. Si vous êtes blessé, j'ai de l'éther et de la teinture d'iode dans ma voiture.

Il s'essuya le nez d'un revers de main. La nervosité modifiait curieusement le timbre de sa voix :

— La ferme! Je n'aime pas les discours à double sens. Vous avez entendu? Je vous disais de sortir d'ici. Qu'est-ce que vous attendez?

— Ce n'est pas une manière, pour un ami de la famille, de parler à un autre ami de la famille.

Il se pencha en arrière et une tige de métal brilla dans sa main gauche. C'était un tisonnier de cuivre. Il le passa dans sa main droite et s'avança vers moi, si près que je pus sentir son souffle. Un souffle haletant de rage.

— Fichu bavard à la gomme!...

Je pouvais lui tirer dessus à travers ma poche. Peut-être allais-je le faire. L'ennui, c'était que je ne le connaissais pas assez pour tirer si vite... et j'avais encore confiance dans la rapidité de mes réflexes, oubliant le knock-out que m'avait infligé Leonard et le reste de fatigue qu'il m'avait laissé dans les jambes.

Marfeld leva le tisonnier. Une goutte sombre s'en détacha et alla marquer le mur de plâtre blanc d'une large tache rouge. Mon œil resta fixé sur ce point un millième de seconde de trop. Le tisonnier s'abattit et alla donner contre mon crâne. Dans un éclair fulgurant, le plancher se rapprocha brusquement pour aller frapper mes genoux, mes coudes et mon front. Mon revolver sauta sur le carrelage, dans la lumière.

Je rampai sur le plancher pour l'atteindre; Marfeld me marcha sur les doigts. Je posai la main sur son pied, appuyai mon épaule contre son genou et pesai de tout mon poids. Il tomba en arrière et resta assis, le souffle coupé.

Je progressai vers le revolver au milieu d'éblouissements successifs. La pièce éclairée apparut dans mon angle de vision avec une intensité hallucinatoire. Tout était blanc, noir et rouge. La blonde en robe de toile gisait sur un tapis blanc devant une cheminée de marbre noir. Son visage était contre terre. Une tache brune s'élargissait tout autour.

Puis il y eut des pas derrière moi, et quand je me retournai, une masse vint heurter de nouveau mon crâne et je plongeai dans un abîme rouge sombre.

Je revins à moi avec la conscience d'un mouvement et d'un ronronnement; au bout d'un moment, il ne sembla plus provenir de mon estomac mais d'un moteur. J'étais assis, bien calé au milieu du siège avant d'une auto. Des épaules m'écrasaient des deux côtés. J'ouvris les yeux et reconnus la pendule du tableau de bord qui marquait toujours onze heures trente.

Mon revolver était posé sur les genoux de Marfeld assis à ma droite. J'essayai de l'attraper; Marfeld se borna à le repousser un peu plus loin, comme on éloigne un sucre d'orge de la main d'un bébé. Mes réactions étaient si faibles et ralenties que cela suffit à me stopper.

— Tiens, tiens ! Notre dormeur s'éveille.

Ma langue, dure comme du bois, claqua dans ma bouche desséchée et j'arrivai à prononcer quelques mots :

— Gros malins, vous connaissez la loi sur le kidnapping ?

Le conducteur avait une petite tête étroite qui jurait effroyablement avec son corps massif. Il me jeta un regard torve :

— Kidnapping ? Vous devez avoir rêvé !

— Ouais, dit Marfeld. Et n'essayez pas de me donner des leçons, mignon. J'ai fait partie de la police pendant quinze ans. Je connais la loi, ce qu'on peut faire et ce qu'on ne peut pas. Et on n'a pas le droit de s'introduire dans une demeure privée avec une arme dangereuse. Vous étiez hors de la légalité et j'ai dû vous arrêter sur la mauvaise pente. Seigneur, je pouvais aussi bien vous bousiller, on ne m'aurait même pas mis en tôle !

— Estimez-vous heureux, renchérit le conducteur. Les curieux dans votre genre, ça agit comme si ça voyait des meurtres partout.

— Et quelquefois, il y en a.

Marfeld se retourna violemment sur le siège et m'enfonça le canon du revolver dans les côtes :

— Qu'est-ce que c'est ? Répète un peu, j'ai pas compris.

Mes esprits étaient salement dispersés à travers tout le comté de Los Angeles. J'en avais juste assez pour lier deux idées entre elles. Ils ne pouvaient être sûrs, à moins que je ne le leur dise, que j'avais vu la fille dans la pièce éclairée. Si elle était morte et s'ils se doutaient que je le savais, j'étais sur la bonne route pour un cercueil de première classe.

— Qu'est-ce que c'est que cette histoire de meurtre ? bégayai-je.

Marfeld poussait sur le revolver. Sous cette pression, je tendis les muscles de mon estomac et sentis remonter dans ma gorge le goût du pain de mon sandwich. Je m'efforçai de déglutir.

Enfin Marfeld sembla se fatiguer de m'écrabouiller et se renversa sur son siège :

— Très bien. Vous pourrez discuter avec Mr. Frost.

Il lâcha ces mots comme si rien de pire ne pouvait m'arriver au monde.

12

Leroy Frost n'était pas seulement à la tête de la police privée de l'*Helio-Graff Co* ; il cumulait d'autres attributions également importantes et obscures. Il avait des combines sûres pour mener à bien un divorce ou empêcher une affaire louche de parvenir en Haute Cour. Les suicides par empoisonnement se transformaient, grâce à ses bons offices, en accidents dus à l'absorption de trop fortes doses de médicaments. Je le connaissais un peu, en tout cas suffisamment pour mon goût.

Les studios s'étalaient sur un vaste terrain, entouré d'un haut mur de ciment blanc, dans les quartiers chics de San Fernando. Petite-Tête rangea la Lincoln le long de l'allée qui faisait le tour de l'enceinte. Marfeld sortit, fourra mon revolver dans sa poche qu'il pointa vers moi :

— En avant marche, ordonna-t-il.

Je marchai. A l'intérieur, dans le vestibule, un gardien en uniforme bleu était assis dans une cage de verre. Un second sbire en uniforme contourna le bureau de chêne clair et ouvrit une porte ornée d'une plaque de cuivre poli : SÉCURITÉ ; nous passâmes ensuite dans une antichambre et Marfeld disparut derrière une autre porte qui portait le nom de Leroy Frost.

Le gardien resta avec moi, la main droite à proximité du revolver qui ornait sa hanche ; j'allai m'asseoir sur une chaise étroite, le dos au mur, et ne tentai pas d'engager la conversation. Bientôt Marfeld sortit du bureau de Frost et me fit signe.

Je n'avais jamais vu le bureau de Leroy Frost, qui était d'une taille impressionnante, du moins pour un directeur de service non producteur. Frost, assis derrière une table de dimensions énormes, tenait un récepteur téléphonique près de son oreille :

— Tout de suite, ordonnait-il ; je veux que vous la contactiez tout de suite.

Il reposa le récepteur et leva les yeux :

— Ça va, Lashman, dit-il au gardien. Attendez dehors. Lew Archer et moi, on a quelques mots à se dire.

Son ton était ironique, mais il se rappelait fort bien qu'un jour où j'avais déjeuné avec lui chez *Musso,* j'avais commis l'erreur de lui laisser payer l'addition, pensant qu'il était défrayé par son bureau, alors que ce n'était pas mon cas. Il ne m'invita pas à m'asseoir, ce que je fis néanmoins, sur le bras d'un des fauteuils de cuir.

— Je n'aime pas ça du tout, Frost.

— *Vous* n'aimez pas ça ? Et moi donc !

— Vous voulez parler du linge sale que vous lavez en public ?

— Qu'est-ce que c'est que ces histoires ? Je désire parler sérieusement avec vous. Lew, votre mauvaise volonté me fait de la peine. Non que j'en fasse une question personnelle. Je ne suis qu'un pauvre type qui essaie de gagner sa vie... Un petit rouage dans une grande machine.

Il baissa humblement les yeux.

— Une très grande machine. Connaissez-vous le montant de nos investissements, plans, contrats, films non réalisés et autres ?

Il marqua une pause. A travers les fenêtres à ma droite je pouvais voir les studios semblables à des hangars et une série de décors de plein air : Le Front de Bataille, La Petite Ville du Middle West, Le Village du Pacifique, et la Rue des Westerns où des douzaines de héros de la pellicule avaient vécu leur marche à la mort. Les studios semblaient fermés et les décors déserts, les scènes de rêves abandonnées par les esprits qui les avaient construites.

— Plus de quinze millions, dit Frost sur le ton d'un grand prêtre révélant les mystères. Un capital colossal ! Sa sécurité dépend de beaucoup de choses et je suis sur la ligne de feu.

— Aussi dépêchez-vous des éclaireurs en ville pour envoyer vos concitoyens sur les roses. Vous voulez que je serve de témoin ?

— Vous n'êtes pas tout à fait un citoyen ordinaire, Lew. Vous êtes trop fouineur et vous faites trop de bêtises. Vous allez faire des moulinets de bras chez Lance Leonard, vous violez son intimité, mettez les pieds dans le plat pour les agiter. J'étais en communication téléphonique avec Lance, juste à l'instant. Ce n'est pas chic ce que vous avez fait ; c'est immoral et personne ne pourrait vous le pardonner.

— Ce n'était pas chic, admis-je.

— Mais brillant, comparé au reste. Franchement, Lew, je croyais que vous aviez un peu plus le sens des situations. Quand nous sommes arrivés sur les lieux, vous étiez en train d'essayer de forcer la porte d'une dame que nous ne nommerons pas.

Il leva les bras au ciel et les laissa retomber, incapable de qualifier l'étendue de mon infamie.

— Qu'est-ce qui se passe dans cette maison? demandai-je.

Il se leva. Ses yeux jaunes, maladifs, restèrent fixés sur moi tandis qu'il contournait son bureau. Il vint se pencher vers moi. Son petit discours sifflant était parfumé d'une odeur épicée qui se dégageait de sa bouche ou de ses cheveux :

— Un gentil garçon comme vous, qui s'amuse à prospecter dans des endroits où personne ne le demande... sa carrière de fouineur risque de ne pas durer longtemps.

Je me levai pour lui faire face :

— J'attendais ça, Frost. Je me demandais quand nous allions en arriver aux menaces.

— Appelez-moi Leroy. Du diable si je veux vous menacer !

Sa bouche sourit, mais ses yeux étaient comme deux minces fentes jaunes.

— Le hic, c'est que je vous aime bien, Lew. Ça me fait plaisir de savoir que vous êtes dans la ville, en bonne santé et tout. Je n'aimerais pas qu'on retire votre nom de l'annuaire du téléphone.

— Ça m'est déjà arrivé... et je me balade toujours dans le coin, me portant mieux que jamais.

— Faites que ça dure ! Je vous dois une certaine franchise, comme à un vieil ami. Il y a un revolver qui vous pulvériserait en une seconde s'il savait que vous lui cherchez des noises. Il a ses raisons et entend les garder pour lui quand ça lui passera par la tête. Et il se pourrait que ce soit bientôt. Ceci n'est qu'un avertissement amical.

— Dans le genre amical, j'ai entendu mieux. Quel est son nom ?

— Vous devez le savoir, mais ne continuons pas là-dessus. Restez bien sage, Lew. Vous voulez absolument vous suicider et nous enterrer avec vous, ou quoi ?

— Qu'est-ce que tout ce mélodrame ? Je cherchais une femme. Et je l'ai retrouvée.

— Vous l'avez retrouvée ? Vous voulez dire que vous l'avez vue ?... que vous lui avez parlé ?

— Je ne suis pas arrivé à lui parler. Vos bébés m'ont arrêté à la porte.

— Qui vous paie pour la rechercher ? Qui est derrière tout ça ?

— J'ai un client.

— Ne faites pas le petit malin. Qui vous a engagé ?

Je ne répondis pas.

— Isobel Graff ? Est-ce elle qui vous a lancé aux trousses de la fille ?

— Vous vous égarez sur une fausse piste.

— Les fausses pistes ne me font pas peur. Laissez-moi vous dire une chose, juste au cas où ce serait elle. Ce n'est qu'une malade... schizophrénie et tout. Je pourrais vous raconter sur Isobel des choses incroyables.

— Essayez.

— Est-ce elle ?

— Je ne connais pas cette dame.

— Alors, qui donc a déclenché toute cette histoire ? Il faut que je le sache, Lew. C'est mon boulot d'être au courant de tout pour assurer la sécurité du patron et de l'organisation.

— Et de quoi voulez-vous les protéger ? lançai-je à tout hasard. Tentative de meurtre ?

Le coup porta : la peur traversa le regard de Leroy

Frost comme l'ombre d'un nuage fugitif. Il répondit, d'une voix très douce et raisonnable :

— Personne n'a jamais parlé de meurtre, Lew. Vous allez me répondre : je vous ai demandé qui était votre répondant, et pourquoi.

— Désolé.

— Vous n'avez pas fini de l'être.

Il revint vers son bureau et me toisa de haut en bas et en travers comme un tailleur prenant mes mesures. Puis il me tourna le dos et appuya sur le bouton du téléphone intérieur.

— Lashman ! Entrez !

Je regardai la porte qui resta close. Frost parla de nouveau dans l'appareil, d'une voix plus haute :

— Lashman ! Marfeld !

Pas de réponse. Frost me regarda, ses yeux jaunes dilatés ; dehors des hommes commencèrent à crier. Je surpris quelques mots : « Il vient de notre côté » et ensuite : « Je le vois. »

Un homme aux cheveux roux, vêtu d'un complet sombre, passa en courant sous la fenêtre, précédé d'une ombre dansant sur le sol nu. C'était George Wall. Il courait difficilement, titubant et vacillant sur ses jambes. Tout près, comme une seconde ombre s'efforçant de le rejoindre, Marfeld suivait, un revolver à la main.

Frost ouvrit la fenêtre et cria :

— Qu'est-ce qui se passe ?

Aucun des hommes ne l'entendit. Ils couraient dans la poussière de la Rue des Westerns, vers la fausse paix de la Petite Ville du Middle West. Les jambes de George fonctionnaient lentement et Marfeld se rapprochait très vite. Devant George, dans le Village du Pacifique, Lashman surgit de derrière une hutte de bambou.

George le vit et tenta de l'éviter. Ses jambes se dérobèrent sous lui. Il se releva, oscillant et indécis, tandis que Marfeld et Lashman lui fonçaient dessus. L'épaule de Marfeld l'atteignit dans les côtes et il s'effondra de nouveau. Lashman le remit sur ses pieds et la masse noire de Marfeld le déroba à notre vue.

Frost se penchait sur l'appui de la fenêtre, l'œil rivé sur les silhouettes lointaines. Les épaules de Marfeld, penché sur George, s'agitaient sur un rythme régulier de droite à gauche. Je repoussai Frost de mon passage — il était léger comme une plume — et sautai par la fenêtre dans le décor.

Marfeld et Lashman, tout à leur tâche, étaient inconscients de ce qui se passait. Marfeld frappait George à coups de crosse de revolver tandis que Lashman le maintenait. Le sang avait jailli de son visage aux yeux fermés et coulait sur le costume gris foncé. Je notai au passage que ce costume était malheureusement un des miens : je l'avais laissé accroché à un cintre à la porte de ma chambre. Je me lançai sur eux, pris d'une colère froide, empoignai d'une main Marfeld par le collet et de l'autre le canon du revolver. Je tirai brusquement. L'homme et le pistolet se séparèrent ; le type tomba sur le dos, l'arme resta dans ma main. De toute manière, c'était la mienne. Je la retournai et la dirigeai vers Lashman.

— Bas les pattes ! Laissez-le.

La petite bouche mince et cruelle s'ouvrit et se referma. La fièvre quitta ses yeux. Il laissa tomber George sur le sable ; le pauvre semblait hors de course, le blanc des yeux tourné vers le ciel. Je pris le revolver de Lashman dans son étui sur sa hanche, reculai et inscrivis Marfeld dans ma double ligne de tir.

— Qu'est-ce que vous cuisiniez là ? Ou alors était-ce seulement histoire de vous amuser ?

Marfeld se remit sur ses pieds mais demeura silencieux ; Lashman répondit poliment aux revolvers que je tenais en main :

— Ce gars est cinglé. Il a fait irruption dans le bureau de Mr. Graff en menaçant de le tuer.

— A-t-il dit pourquoi ?

— A cause de sa femme.

— Boucle-la, grogna Marfeld. Tu parles trop.

Il y eut des pas étouffés dans la poussière derrière moi. Je contournai Marfeld et Lashman, et reculai derrière le mur de la hutte. Frost et le gardien du vestibule traversaient la place pour venir vers nous. Le gardien tenait une carabine à la main. Il s'arrêta et l'épaula.

— Laisse tomber, commandai-je. Dites-lui de jeter cette arme, Frost.

— Laisse tomber, répéta-t-il au gardien.

La carabine toucha le sol dans un petit nuage de poussière. J'avais la situation en main, ce qui ne me fit qu'un plaisir mitigé.

— Que se passe-t-il ? demanda Frost d'une voix coléreuse. Qui est-ce ?

— Le mari d'Hester Campbell. Faites une annonce à la presse si vous avez besoin de publicité. De mauvaise publicité.

— Seigneur Dieu !

— Vous feriez mieux de lui trouver un médecin.

Personne ne remua. Frost glissa la main dans l'ouverture de la veste de George pour vérifier si le cœur battait.

— Ce type a voulu tuer Mr. Graff ! lança Lashman d'un ton victorieux. Il l'a poursuivi tout autour de son bureau.

— Tout va bien pour Graff ?

— Sûr ! J'ai entendu le gars hurler et je l'ai fait décamper avant qu'il ait pu faire le moindre mal.

— Comment est-il entré ? demanda Frost au gardien qui parut embarrassé.

Il entrouvrit les lèvres avec difficulté :

— Il avait une carte de presse. L'a dit qu'il avait un rendez-vous avec Mr. Graff.

— Vous n'en avez pas référé à moi.

— Vous étiez occupé, vous aviez dit qu'on ne vous dérange...

— Ne venez pas m'apprendre ce que j'ai dit. Sortez d'ici. Vous êtes viré. Maintenant, si vous racontez cette histoire, ne serait-ce qu'un seul mot, vous ferez aussi bien de quitter la ville, ça vous épargnera une note d'hôpital !

Le visage de l'homme avait pris une teinte plombée. Il ouvrit et referma la bouche plusieurs fois sans parler, pivota sur ses talons, et se dirigea vers la grille. Frost abaissa son regard vers le blessé sanglant étendu sur le sol, et soupira :

— Qu'est-ce que je vais en faire ?

— Appelez une ambulance, suggérai-je. Ou bien c'est vous qui allez en avoir besoin. Retournez-vous et marchez, Frost. Vous aussi, Lashman et Marfeld. Restez bien tous ensemble. Nous allons téléphoner à l'hôpital. Nous avons assez perdu de temps comme ça.

Je n'avais que peu de chances de nous sortir de là, George et moi. Je pouvais toujours essayer. Mon espoir s'évanouit tout d'un coup. Deux hommes apparurent devant nous dans la Ville des Westerns. L'un était le gardien que Frost venait de renvoyer. Tous deux étaient armés. Puis je vis un troisième homme qui courait et s'accroupissait derrière la hutte du Pacifique. Il tenait lui aussi un revolver. Il me sembla bien que la partie était perdue. Frost fit une grimace ironique, sinistre, qui plissa toutes ses rides :

— Jetez vos armes, Lew. Je compte jusqu'à trois.

L'homme de gauche rampait sur les coudes et les genoux. Il s'immobilisa et visa au moment où Frost commençait à compter. Je lançai les pistolets par terre à deux ! Marfeld et Lashman se retournèrent à ce bruit. Frost fit un signe de tête approbateur :

— Maintenant vous êtes un bon garçon, dit-il.

Marfeld se précipita sur les armes. Lashman fit un pas en avant : il tenait une matraque de cuir noir dans la main droite. L'homme de la hutte s'était relevé et arrivait en trottinant. Le commando sortit de derrière le porche. Là-bas, de l'autre côté de la cour, Simon Graff, debout dans l'embrasure d'une porte, regardait Lashman balancer sa matraque.

13

Le temps reprit son cours, son tic-tac régulier. La douleur éclatait sous mon crâne en éclairs subits au milieu des nuages, au rythme même des battements de mes artères. J'étais étendu sur une surface dure; et, au-dessus de moi, Lance Leonard disait d'une voix douce et basse :

— C'est du joli travail ce que Carlie a fait là. Il m'a donné l'autorisation de me servir de l'endroit. Tout ce que vous voulez, boisson ou drogue, je peux vous le faire venir.

— Ouais, la drogue, répondit Frost avec amertume. Maintenant fermez-la. J'essaie de penser.

Leonard obtempéra. Je reposai dans un silence morne pendant un temps. Le soleil était chaud sur ma peau et rouge derrière mes paupières. Quand je les soulevais légèrement, la lumière me fendait les yeux comme un scalpel.

— Ses paupières ont bougé, dit Leonard.

— Il vaut mieux le surveiller.

Des semelles crissèrent sur le ciment. Je sentis le bout d'une chaussure dans mes côtes. Leonard se pencha et souleva une de mes paupières. Je fis les yeux blancs.

— Il est encore dans les pommes.

— Jetez-lui un peu d'eau. Il y a un seau de l'autre côté du bassin.

J'attendis, puis sentis le jaillissement du jet sur mon visage, chaud de soleil tout d'abord, puis tiède. Je laissai un peu d'eau couler entre mes lèvres dans ma bouche desséchée.

— Toujours groggy, marmonna Leonard. Et s'il ne se réveille pas ? Qu'est-ce que nous ferons ?

— Ça regarde votre copain Stern. Mais il va se réveiller. Il a la tête dure, tout en os. Je préférerais qu'il ne se réveille pas.

— Carlie devrait être là depuis un bon moment. Vous croyez que son avion a pu avoir un accident ?

— Ouais, ce doit être ça. Et vous voilà comme un pauvre petit orphelin, railla Frost, ironique.

Il y eut un autre silence. Je restai les yeux fermés et m'efforçai de commander à mes muscles qui me semblaient aussi lointains que l'autre côté de l'avenue. Au bout d'un long moment, je sentis que je pouvais remuer le petit doigt. Puis j'essayai de fléchir les orteils et je finis par y arriver. C'était très encourageant.

Un téléphone sonna derrière un mur.

— Je parie que c'est Carlie, dit joyeusement Leonard.

— Ne répondez pas. On va jouer au pari.

— Ce n'est pas la peine d'être sarcastique. Flake va répondre. Il est en train de regarder la télévision.

Le téléphone n'avait sonné qu'une fois. Un bruit de pas résonna. Petite-Tête s'approcha et j'entendis sa voix :

— C'est Stern. Il est à Victor-Ville et demande qu'on aille le chercher.

— Il est toujours au bout du fil ? demanda Leonard.

— Ouais, et il veut vous parler.

— Allez-y vite, ordonna Frost. Soulagez son inquiétude.

Leonard disparut. Petite-Tête, assis dans la chaise longue, me regarda me redresser. Il avait le torse nu, et ses poils sombres faisaient des petits dessins noirs sur sa peau trop blanche. L'inévitable revolver luisait dans sa main.

— Ça a l'air d'aller mieux, observa-t-il. Je ne vous connais pas très bien, mais le vieux Flake a bien envie de rentrer et d'aller regarder un peu la télé. Il fait plus chaud qu'en enfer, ici.

J'eus l'impression de marcher sur un fil de fer mais j'atteignis l'intérieur et traversai une grande pièce basse pour pénétrer dans une autre plus petite. Elle était tapissée de boiseries sombres et dominée par l'œil carré d'un grand écran de télévision. Flake désigna du bout de son revolver un siège de cuir à côté de lui.

— Asseyez-vous là. Je vais me payer un western.

Je restai assis pendant ce qui me parut un long moment, à écouter les bang-bang des revolvers et le clop-clop des sabots de chevaux. Flake, le nez collé contre l'écran, semblait fasciné par le spectacle de la vertu toute simple triomphant du mal tout aussi primaire, à la seule force de ses poings, de ses revolvers et de sa philosophie... simpliste.

Je pliais de temps en temps un bras ou une jambe et tentais de reprendre possession de mes forces. Une lampe au pied de cuivre trônait sur le poste de télévision, avec un socle épais et assez lourd pour servir d'arme. Si je pouvais trouver l'énergie de m'en servir... et si Flake voulait bien oublier son revolver durant quelques secondes...

Le film se terminait sur un chaste baiser qui fit monter des larmes aux yeux de Flake... à moins que ce ne fût simplement la lumière dansante qui avait irrité ses paupières. Il se frotta l'œil et laissa tomber un instant son arme sur ses genoux. Je me levai d'un bond et m'emparai de la lampe qui n'était pas aussi lourde qu'elle semblait ; de toute manière, il ne me restait qu'à la lui balancer sur le crâne : ce que je fis.

Flake eut l'air tout à fait surpris. Il tira, d'un brusque réflexe. Le speaker explosa au beau milieu de l'écran et d'une phrase définitive. Dans une poussière de verre, je ramassai le revolver dans la main de Flake. Mais déjà il relevait sa petite tête de gouape et me chargeait.

Je fis un saut de côté. Son poing sauvagement lancé s'écrasa sur une des boiseries du mur. Avant qu'il ait retrouvé son équilibre, je lui décochai deux directs bien calculés.

Il était vraiment dur à cuire. Je finis tout de même par l'envoyer se taper le crâne contre la boîte à télé ; mais il se cramponna à mon veston et faillit m'entraîner dans sa chute. Je dus refermer mes mains sur son cou, lui frapper la tête sur le système à air conditionné sous la fenêtre. Il finit par se ramollir et je le laissai tomber.

Je me mis à quatre pattes, trouvai le revolver et eus un mal fou à me remettre sur mes pieds. Je me sentais faible et tremblant. Flake était dans un état pire encore, un ronflement sortait de son nez cassé.

Je trouvai le chemin de la cuisine, avalai un verre d'eau fraîche et sortis. C'était déjà le soir. Il n'y avait pas de voiture dans le garage. Je pensai un moment à attendre Frost, Leonard et Stern mais j'aurais été alors contraint de leur tirer dessus. J'en avais marre à en être malade de la violence. Encore une dose et on pourrait me préparer une cellule capitonnée. Du moins le pensais-je à ce moment.

Je descendis l'allée poussiéreuse qui menait vers un ruisseau à sec au fond d'une large et plate vallée. En contrebas, je voyais des voitures, minuscules, qui couraient le long d'une route toute droite. L'une d'elles tourna dans ma direction, ses phares tressautant sur les haies de l'allée. Je courus m'aplatir dans le fossé, sur le côté.

C'était la Jaguar de Leonard et il était au volant. Dans un éclair, j'aperçus le visage de son voisin sur le siège avant : pâle et plat, un ovale avec des yeux qui donnaient l'impression d'être peints, un menton pointu reposant sur un nœud papillon à pois. J'avais déjà vu cette tête de vieux bébé une ou deux fois dans des boîtes de nuit : Carl Stern.

Je remontai sur le chemin, puis coupai à travers champs vers la grand-route. L'air devenait humide, les étoiles surgissaient de l'obscurité montant de la terre. Je me sentais la tête un peu légère et, par moments, la pensée me traversait que l'étoile du soir était un bien précieux que j'avais perdu, une femme, un idéal ou un rêve.

Je me sentais plein de pitié pour moi-même. Une ou deux fois, mes jambes faiblirent et je dus me cramponner. Les arbres de Judée agitaient leurs branches au-dessus de ma tête en murmurant.

14

La quatrième voiture à laquelle je fis signe s'arrêta. C'était un cabriolet avec une paire de skis ficelée sur le toit, conduit par un étudiant qui retournait à Westwood. Je lui racontai que j'avais laissé ma voiture en panne sur la route. Il était assez jeune pour accepter mon histoire sans poser trop de questions et assez discret pour me laisser dormir un bon coup sur le siège arrière.

Il me déposa devant l'hôpital *Saint-John.* L'interne de garde me fit quelques points de suture sur le crâne, me couvrit d'injures tranquilles et m'envoya au lit pour au moins deux jours. Je pris un taxi pour rentrer chez moi. La circulation était rapide sur le boulevard. Je regardai les lumières venir m'aveugler tour à tour comme des coups de poignard. Certains soirs, vraiment, je haïssais cette ville.

En rentrant chez moi, je pris un bain et allai me coucher.

Cela ne me fit aucun bien. Un monde de cauchemar s'agitait autour de moi, en un magma de visages qui se superposaient et ne voulaient pas rester en place. Celui d'Hester apparaissait vivant et souriant, puis mort et froid, puis vivant de nouveau, avec des yeux adorables, brillant dans une obscurité rougeâtre. J'abandonnai au bout d'un moment et me levai. Je me rhabillai et sortis pour aller au garage.

C'est à ce moment que je réalisai que ma voiture n'y était pas. J'appelai de nouveau un taxi et me fis déposer au coin de la rue où habitait Hester. Ma voiture était garée là où je l'avais laissée.

Je traversai la rue pour aller jeter de plus près un coup d'œil à la maison. Pas une voiture dans l'allée, pas une lumière derrière les fenêtres. Je grimpai les marches du perron et appuyai sur la sonnette. Personne ne répondit.

Je fis le tour de la maison, entrai par une petite porte de bois dans un patio entouré de murs et me frayai un chemin jusqu'à une paire de portes-fenêtres qui s'ouvraient sur la maison.

Ma lampe de poche plongea son faisceau à travers les vitres sales dans un univers plein d'ombres contournées et de plantes grasses dans des pots de terre. J'éteignis et me servis du dos de ma torche pour forcer la serrure d'une des portes-fenêtres. Après avoir traversé cette sorte de serre, je me retrouvai dans le grand hall central et me dirigeai vers la porte du living-room.

Des murs blancs se révélèrent sous le pinceau lumineux de ma torche ; je l'abaissai vers le plancher recouvert d'un tapis ivoire. Des meubles noirs et blancs, bas et cubiques, formaient des groupes anguleux et hostiles dans différents coins de la pièce. La cheminée était entourée de marbre noir et flanquée de coussins rectangulaires en cuir blanc. De l'autre côté, une tache sombre, estompée, auréolait le tapis. Je me mis à genoux pour l'examiner.

C'était une tache humide de la taille d'une assiette et d'une couleur mal définie. A travers l'odeur du détergent qui avait servi à la nettoyer et sous toutes les autres qui flottaient dans la pièce, je pouvais sentir celle du sang, qui reste toujours, quoi qu'on fasse pour l'ôter. Toujours à genoux, je tournai mon attention vers la cheminée. Une panoplie de cuivre ornait ses côtés, dans une sorte de râtelier : balai, pincettes, soufflet de cuir blanc à poignées de cuivre. L'ensemble paraissait tout neuf, comme si on ne s'en était jamais servi. Seul le tisonnier manquait.

Au-delà de la cheminée une arche sans porte devait probablement donner sur la salle à manger ; je la traversai dans l'intention d'explorer le reste du rez-de-chaussée, puis de monter inspecter les étages. C'est alors qu'un moteur gronda dans la rue. La lumière balaya les fenêtres de devant aux rideaux tirés. Je jetai un coup d'œil dans l'étroit espace entre le bord du voilage et celui de la fenêtre. La vieille Lincoln noire était rangée dans l'allée. Marfeld se tenait au volant, son visage découpé par les ombres grotesques du tableau de bord ; il coupa le contact et descendit.

Leroy Frost sortit par l'autre porte. Je le reconnus à sa démarche hésitante. Les deux hommes passèrent à quelques mètres de moi, se dirigeant vers l'entrée principale. Frost portait une sorte de tige de métal brillant dont il se servait comme d'une canne.

Je traversai l'arche et passai dans la pièce voisine. Un haut buffet faisait face à l'alcôve et une chaise était posée dans un coin. Je m'assis dans son ombre profonde, ma lampe dans une main, mon revolver dans l'autre.

J'entendis une clé tourner dans la serrure de la porte de devant, puis la voix de Frost à peine retenue :

— Qu'avez-vous fait de l'autre trousseau ?

— Lance l'a donné à la pépée.

— Bon. Où est cette sacrée lumière ? Vous connaissez cette maison par cœur, vous n'allez pas me laisser m'y casser la figure dans le noir toute la nuit ?

La lumière jaillit dans le living-room. Frost reprit :

— Pas fameux, votre travail sur ce tapis.

— J'ai fait du mieux que j'ai pu. Personne ne va venir passer cette bicoque au peigne fin, de toute manière.

— C'est vous qui le dites ! Vous auriez mieux fait de poser ce coussin dessus, que ça cache les dégâts jusqu'à ce que ça soit sec. Il ne faut pas qu'elle voie ça.

Marfeld poussa un grognement. Je l'entendis tirer le coussin sur le tapis.

— Très bien, commenta Frost. Maintenant, nettoyez mes empreintes sur ce tisonnier et mettez-le à sa place.

Il y eut un bruit d'objets métalliques entrechoqués.

— Vous êtes sûr de l'avoir bien nettoyé, chef?

— Ne faites pas l'imbécile : ce n'est pas le même. J'en ai trouvé un assorti dans le magasin d'accessoires.

— Vous pensez vraiment à tout ! fit Marfeld d'une voix gluante d'admiration. Et où avez-vous fourré le premier ?

— Là où personne n'ira le chercher. Pas même vous.

— Moi ? Qu'est-ce que j'en ferais ? Vous n'avez pas confiance en moi, chef ?

— Je n'ai confiance en personne. Maintenant, filons d'ici.

— Et la pépée ? on ne l'attend pas ?

— Non, elle ne sera pas là avant un moment. Et moins elle nous verra, mieux ça vaudra. Lance lui a dit ce qu'elle devait faire et nous ne tenons pas à ce qu'elle nous pose des questions.

— Je crois que vous avez raison.

— Pas besoin de me le dire. J'en sais plus sur la chasse au chantage qu'aucun homme dans cette ville. Mettez-vous bien ça dans la tête, ça pourrait vous servir.

— Je ne comprends pas, chef.

— J'espère pourtant que vous êtes assez malin pour ça. Si vous essayez de me doubler, moi ou un de mes amis, c'est le meilleur moyen de vous retrouver avec un trou dans le crâne apparu là par erreur.

— Je le sais bien, monsieur Frost : mais je suis loyal. Est-ce que je ne vous l'ai pas prouvé ?

— Ouais. Mais, vraiment, quelle étrange coïncidence que vous soyez mêlé à ces deux meurtres ! Vous ne croyez pas ?

— C'est de la folie, chef, je le jure devant Dieu.

La voix de Marfeld tremblait de sincérité, puis elle reprit sur un ton tout autre :

— J'ai été loyal toute ma vie : d'abord au shérif, ensuite à vous. Je n'ai jamais rien demandé pour moi.

— Sinon un petit supplément çà et là ?

Maintenant que Marfeld paraissait avoir recouvré ses esprits, Frost semblait prêt à le calmer : son rire graillonna comme un vent d'hiver sur des feuilles sèches :

— D'accord, vous l'aurez, votre gratification.

— Merci, chef. Très sincèrement.

La lumière s'éteignit et la porte de devant se referma derrière eux. J'attendis que le bruit de la Lincoln se tût et montai à l'étage. La chambre de devant semblait la seule utilisée. Les murs roses étaient défraîchis, un lit à couvre-pieds de soie rose occupait le centre, comme dans un rêve de jeune fille. Le contenu de la coiffeuse et des placards indiquait que la jeune fille en question dépensait une fortune en vêtements et en maquillage, et qu'elle avait tout laissé derrière elle.

15

Je quittai la maison par le chemin que j'avais emprunté à l'aller et descendis en voiture vers le canyon.

La maison de Lance Leonard était plongée dans l'obscurité. Je garai la voiture à une centaine de mètres de l'entrée. Le brouillard cachait les marches du perron. La porte était verrouillée et personne ne répondit quand je frappai.

J'essayai la porte du garage qui s'ouvrit sans difficulté. La Jaguar était rentrée et la moto était restée à sa place. Je me glissai entre elles pour atteindre la porte latérale : elle n'était pas fermée à clé.

Le faisceau de ma lampe glissa sur les carreaux de la

cuisine, puis sur le plancher du living-room, remonta le long des vitres de la baie opaque comme la nuit, puis tout autour de la cheminée de brique dans laquelle une bûche consumée tombait en cendres. Sur le manteau trônait une photo sophistiquée dans un cadre d'argent, où Lance Leonard souriait de toutes ses dents.

Lance en personne était juste derrière la porte de devant. Il portait une veste de smoking écossaise et un pantalon assorti bleu nuit, des chaussures de danse bleu marine, mais il n'allait néanmoins nulle part. Il était étendu sur le dos, la pointe des pieds regardant le plafond. Un œil noir brillait dans la lumière, inerte; l'autre avait été emporté par une balle.

J'enfilai des gants, me mis à genoux et vis le second trou dans la tempe gauche. Pas de sang. Les cheveux tout autour étaient roussis, la peau marquée de petites taches de poudre. J'explorai le plancher, à quatre pattes. En poussant la jambe gauche raide, je trouvai une douille de cuivre, de moyen calibre. Apparemment elle avait dû rebondir sur le mur, tomber sur le plancher, et Leonard s'était affalé dessus.

Je mis longtemps avant de trouver la seconde douille. Finalement, en ouvrant la porte de devant, je la vis briller dans la rainure. Je m'appuyai contre la porte refermée et tentait de reconstituer le meurtre. Ça semblait assez simple. On avait frappé à la porte, attendu, le pistolet à la main, que Lance vienne ouvrir, tiré dans son œil et tiré encore dans la tempe, après qu'il fut tombé, histoire de se donner une certitude, et on était parti en claquant la porte qui se fermait automatiquement au verrou.

Je remis les douilles où je les avais trouvées et inspectai le reste de la maison sans rien découvrir d'intéressant. Puis je me préparai à partir après un dernier regard jeté au corps. Son visage luisait d'un blanc ivoire dans la lumière de ma torche. J'éteignis et il s'effaça dans la nuit.

Dehors, un nuage de brouillard me mouilla le visage comme de froides et maigres larmes. Je remontai dans ma voiture, les jambes lourdes. Avant que j'aie pu faire partir le moteur, j'entendis le bruit d'une auto : des phares escaladaient la colline. Je laissai les miens éteints.

Les phares tournèrent dans la dernière courbe, suivis d'une sombre conduite intérieure, avec un garde-boue chromé massif. Sans hésitation, elle pénétra dans l'allée et illumina la façade de la maison. Un homme sortit et marcha dans la lumière vers la porte. Il portait un imperméable sombre serré à la taille et avançait d'un pas léger et précis. Tout ce que je pus voir de sa tête fut la courte brosse sombre qui la surmontait.

Il frappa et, ne recevant pas de réponse, sortit un trousseau de sa poche et ouvrit la porte. La lumière jaillit dans la maison. Une seconde plus tard, à moitié étouffée par les murs, une voix d'homme poussa un cri semblable à un appel de corbeau blessé à mort. La lumière s'éteignit, mais les gémissements continuèrent à sortir de la maison.

Après un moment de silence, la porte s'ouvrit de nouveau. L'homme sortit dans la lumière de ses propres phares. C'était Carl Stern. Malgré la brosse et le nœud papillon impeccable, il avait le visage d'une vieille dame épouvantée.

Il manœuvra son véhicule comme un somnambule et dépassa ma propre voiture sans paraître la voir. Je mis mon moteur en marche et le rattrapai avant qu'il ait complètement descendu la colline. Il se lança dans les boulevards comme s'il avait eu une escorte de police. Moi aussi.

Puis nous nous retrouvâmes dans Manor Crest Drive et la boucle se referma. C'était différent cependant : la maison d'Hester était tout illuminée. Au second étage, une ombre de femme se mouvait derrière les rideaux. Une silhouette aux mouvements rapides et précis.

Stern laissa sa voiture dans l'allée, moteur tournant, frappa et se fit ouvrir la porte, puis ressortit avant que j'aie pu décider de ce que j'allais faire. Il remonta en voiture et s'éloigna. Je ne le suivis pas : tout d'abord je devais vérifier si Hester était de retour chez elle.

16

J'entrai par la serre et traversai le rez-de-chaussée. Des pas s'affairaient sur le plancher au-dessus de ma tête. J'entendais le claquement rapide de hauts talons et une voix de jeune femme qui chantonnait. Je grimpai l'escalier en m'appuyant lourdement contre la rampe.

La jeune fille se tenait devant le lit et me tournait le dos. Elle était très simplement habillée d'une jupe de tweed et d'un corsage blanc à manches courtes. Ses cheveux lumineux étaient lisses et soigneusement brossés sur la courbe de sa nuque. Elle pliait un vêtement noir qu'elle était en train de ranger dans une valise de cuir blanc à doublure de soie bleue, posée sur le lit, ouverte. Puis elle se redressa et s'éloigna à l'autre bout de la chambre, les hanches dansant au-dessous d'un mince buste flexible. Elle ouvrit la porte d'un placard et pénétra dans l'intérieur illuminé. Quand elle en ressortit, les bras chargés d'autres vêtements, j'étais dans la chambre.

Son corps se raidit. Les robes aux brillantes couleurs tombèrent sur le plancher.

— Hello, Hester. Je vous croyais morte.

Ses dents apparurent et elle pressa le poing contre sa bouche :

— Qui êtes-vous ? murmura-t-elle d'une voix étouffée.

— On m'appelle Archer. Vous ne me reconnaissez pas, depuis ce matin ?

— Vous êtes le détective... celui avec lequel Lance s'est battu. Que me voulez-vous ?

— Juste une courte conversation.

Elle jeta un coup d'œil vers le téléphone blanc, sur la table de nuit, et dit d'une voix incertaine :

— Sortez d'ici. Je vais appeler la police.

— J'en doute beaucoup.

Elle laissa pendre sa main à son côté, puis la porta à sa poitrine comme si elle ressentait une douleur. La colère et l'anxiété se lisaient sur ses traits, mais c'était une de ces filles que rien ne pouvait enlaidir.

— Je vous préviens, reprit-elle, que des amis à moi vont arriver d'une minute à l'autre.

— Parfait. Je serai heureux de les rencontrer.

— Alors installez-vous si vous voulez. J'espère que ça ne vous dérange pas si je continue à faire mes bagages ?

— Continuez, Hester. Vous êtes bien Hester Campbell, n'est-ce pas ?

Elle ne répondit ni ne leva les yeux. Elle ramassa les robes tombées, porta le paquet en désordre sur le lit et commença à ranger.

— Où allez-vous donc à cette heure de la nuit ? demandai-je.

— Ça ne vous regarde pas.

— Je vous ai entendue ce matin dire à Lance que vous vouliez en sortir. Mais de quoi ?

— Je ne sais pas ce dont vous voulez parler, et je m'en moque.

Mais elle ne s'en moquait pas.

— Ces amis à vous qui doivent venir... Lance Leonard est l'un d'eux ?

— Oui, et vous feriez mieux de partir avant qu'il n'entre.

— Vous êtes sûre qu'il doit venir ?

— Vous verrez bien.

— Je crois qu'il y aura en effet quelque chose à voir. Qui apportera le panier ?

— Le panier ? répéta-t-elle d'une petite voix haut perchée.

— Lance ne peut plus se déplacer seul. Il faudra l'amener dans un panier d'osier.

De nouveau sa main monta vers sa poitrine. La douleur semblait plus forte.

— Quand l'avez-vous vu pour la dernière fois ?

— Ce soir. Il y a plusieurs heures. Qu'est-ce que ça peut faire ?

— Une foule de choses pour vous. Comment était-il quand vous l'avez quitté ?

— Il allait bien. Pourquoi ? Il lui est arrivé quelque chose ?

— Écoutez-moi, Hester. Vous laissez derrière vous un sillage de destruction comme Sherman marchant sur la Géorgie.

— Qu'est-il arrivé ? Il est blessé ?

— Méchamment blessé.

— Où est-il ?

— Chez lui. Bientôt à la morgue.

— Il est mourant ?

— Il est mort. Carl Stern ne vous l'a pas dit ?

Elle secoua la tête. C'était plus une convulsion qu'une dénégation :

— Lance ne peut pas être mort ! Vous êtes fou !

— Il y a des moments où je me demande si je ne suis pas le seul à ne pas l'être.

Elle s'assit sur le bord du lit ; une ligne de gouttelettes perlait à la racine de ses cheveux. Elle l'essuya d'un revers de main, faisant ainsi saillir son sein droit. Elle me regardait, les yeux agrandis par le choc. C'était vraiment une très bonne actrice, en admettant qu'elle jouât la comédie, mais je ne le crus pas.

— Votre bon ami est mort, dis-je. Quelqu'un lui a tiré dessus.

— Vous mentez.

— J'aurais peut-être dû amener le cadavre avec moi. Dois-je vous dire où il a encaissé les pruneaux ? Un dans la tempe et un dans l'œil. Ou bien peut-être savez-vous déjà tout ça ?

Son front se plissa. Sa bouche s'ouvrit en un rectangle tragique.

— Vous êtes horrible. Vous avez dit la même chose à propos... à propos de moi... Que j'étais morte !

Les larmes commencèrent à lui monter aux yeux.

— Vous dites tout ça pour me faire parler.

— Et quel genre de révélations feriez-vous si vous parliez ?

— Je n'ai pas à répondre à vos questions, à aucune d'entre elles.

— Réfléchissez un peu... et vous ne demanderez que ça. J'ai l'impression qu'on se sert de vous comme bouc émissaire.

Elle me jeta un regard affolé.

— Vous êtes un rien naïve, ne trouvez-vous pas, vu la compagnie dans laquelle vous vivez ? Joli monde. Ils sont en train de vous impliquer dans une affaire de meurtre. Ils ont vu une chance de tuer deux oiseaux d'une seule pierre, de mettre Lance hors de combat et de vous neutraliser en même temps.

Je jouais sur une impression, mais c'était un jeu qui m'était familier et je sentais qu'elle m'écoutait de toutes ses oreilles. Hester murmura d'une voix faible :

— Qui pourrait faire une telle chose ?

— Celui qui vous a choisi votre rôle. De qui vient l'idée ? De Leroy Frost ?

Son regard fléchit et elle cilla.

— Qu'est-ce que Frost vous a ordonné de faire ? Où diable vous a-t-il dit d'aller ?

— Ce n'était pas Mr. Frost. C'est Lance qui a pris contact avec moi.

— Possible ! Et ils l'ont eu de la même manière qu'ils vous auront, vous.

— Personne ne m'a eue, répéta-t-elle avec une obstination butée. Pourquoi essaierait-on de m'avoir ?

— Allons, Hester, vous n'êtes pas une ingénue ! Vous savez mieux que moi ce que vous avez fait.

— Je n'ai rien fait de mal.

— Les gens jugent de manières différentes, non ? Il y a ceux qui trouvent que le chantage est une des plus belles saloperies du monde.

— Le chantage ?

— Regardez autour de vous et cessez de jouer la comédie. Ne me dites pas que Graff vous donne la lune parce qu'il aime votre coiffure. J'ai vu des tas d'affaires de chantage dans cette ville et je sais les sentir de loin. Je peux vous assurer que vous êtes dedans jusqu'au cou.

Elle porta les mains à sa gorge ; sa résistance commençait à s'émousser. Elle regarda les murs roses autour d'elle et se mit à en prendre la couleur. C'était une authentique rougeur de jeune fille et elle me laissa perplexe.

— Vous inventez tout ça ! s'écria-t-elle.

— Il faut bien. Vous ne voulez rien me dire. Je me contente de ce que je vois et entends. Une fille quitte son mari, se colle avec un boxeur lessivé qui traîne avec des gangsters. En moins de temps qu'il ne faut pour le dire, vous êtes dans le bain, Lance a un contrat comme acteur, vous récupérez votre jolie maison de Beverly Hills. Et Simon Graff se transforme en bonne fée marraine. Pourquoi ?

Elle ne répondit pas et baissa les yeux sur ses mains posées sur son giron.

— Qu'êtes-vous allée lui vendre ? demandai-je. Et que vient faire Gabrielle Torres là-dedans ?

Le sang avait de nouveau quitté son visage, laissant de larges cernes bleus sous ses paupières. Son regard semblait tourné vers une image intérieure qui la laissa épouvantée.

— Je crois que vous savez qui l'a tuée, ajoutai-je. Et vous feriez mieux de me le dire. Il est temps de mettre cette histoire au grand jour avant que d'autres personnes ne soient tuées. Parce que, la prochaine fois, ce sera vous, Hester !

Ses lèvres s'entrouvrirent comme celles d'une poupée mise en marche par un ventriloque :

— Je ne suis pas...

Sa volonté chancela et sa bouche se referma, sans qu'elle termine la phrase.

Elle secoua fièrement la tête en ravalant ses larmes, couvrit son visage ravagé de ses mains et tomba de côté sur le lit. La peur la submergeait, silencieuse et inévitable comme un courant électrique, secouant son corps tout entier. Un sentiment proche de la pitié monta en moi. L'ennui avec la pitié, c'est qu'elle se modifie toujours : répulsion ou désir ? Hester resta tranquille un moment, une de ses hanches dessinant un arc affaissé.

— Allez-vous me parler de Gabrielle ?

— Je ne vois rien à vous dire.

Sa voix était toute petite et brisée.

— Savez-vous qui a tué Lance ?

— Non. Laissez-moi seule.

— Que vous a dit Carl Stern ?

— Rien. Nous avions rendez-vous. Il voulait le confirmer, c'est tout.

— Doit-il vous emmener faire un tour ?

— Peut-être.

Elle semblait ne pas comprendre l'allusion.

— Une promenade d'aller seulement ?

Cette fois elle avait compris, et s'assit en criant presque :

— Partez d'ici, sadique ! Je connais les gens de votre espèce. J'ai déjà vu des détectives, des policiers et la manière dont ils tourmentent des gens désespérés et sans défense. Si vous êtes un homme sortez d'ici !

Son torse était tendu, sa poitrine saillait sous la blouse blanche. Ses lèvres rouges s'incurvaient et ses yeux bleus étincelaient. Elle était vraiment d'une beauté extraordinaire, avec quelque chose de plus : elle avait aussi l'air d'une fille énergique.

Je me surpris à douter de mes soupçons, à douter qu'elle puisse être le moins du monde une canaille. Et puis, il y avait juste assez de vérité dans son accusation, assez de cruauté dans ma volonté de justice, assez de désir dans ma pitié, pour me rendre cette pièce inconfortable. Je la saluai et me retirai.

Le problème est d'aimer les gens, d'essayer de leur rendre service sans rien leur demander en retour. Et il n'est pas facile à résoudre.

17

Il n'y avait pas de gardien en faction quand j'atteignis le *Channel Club.* La grille était ouverte et la réception battait son plein. Musique et lumière se déversaient d'une aile du bâtiment. Plusieurs douzaines de voitures étaient rangées dans le parking. J'y laissai la mienne entre une Porsche noire et une Cadillac lavande.

Je frappai à la porte du bureau de Bassett sans recevoir de réponse. La piscine formait une dalle de lumière verte, éclairée par des projecteurs immergés et des spots puissants. Les gens étaient rassemblés à l'extrémité, autour du haut plongeoir à l'éclat d'aluminium. Je gravis quelques marches, longeai l'allée dallée pour me joindre à eux.

La plupart étaient des personnalités hollywoodiennes, pleines de suffisance et drapées dans de somptueuses robes du soir ou moulées dans des maillots de bain qui n'étaient certes pas destinés à aller à l'eau. Parmi les hommes, je reconnus Simon Graff, Sammy Swift, celui à qui j'avais téléphoné de chez Anton et qui m'avait donné l'adresse de Leonard, et le maître nageur noir avec lequel j'avais parlé le matin. Tous les visages étaient levés vers une fille qui se tenait absolument immobile au sommet de la plateforme de dix mètres.

Elle courut et se lança sur le tremplin. Son corps se tendit en arc, fit un demi-saut périlleux et se changea d'oiseau en poisson au moment où elle pénétrait dans l'eau. Les spectateurs applaudirent. Elle sortit de l'eau, secoua ses courts cheveux bruns d'un air dégagé et se retira dans un coin pour s'essuyer. Je l'y suivis :

— Joli plongeon !

— Vous trouvez ?

Elle tourna vers moi son visage bronzé et je vis que ce n'était plus une jeune fille depuis un bon bout de temps.

— Je ne me serais pas moi-même accordé plus de trois sur dix. Je peux faire un double saut périlleux quand je suis en forme.

— Vous faites de la compétition ?

— Dans le temps, oui. Pourquoi ? Vous connaissez beaucoup de plongeurs ?

— Non, mais j'aimerais en connaître. Hester Campbell était-elle votre amie ?

Son visage se figea :

— Je connais Hester, reconnut-elle prudemment. Mais je n'appellerais pas ça une amie.

— Pourquoi pas ?

— C'est une longue histoire et j'ai froid.

Elle me tourna brusquement le dos et s'en alla d'un pas rapide vers le vestiaire. Ses hanches ne bougeaient pas en marchant.

— Du calme tout le monde ! dit une voix forte. Vous allez pouvoir assister au spectacle du siècle qui vous est dédié au prix de dépenses fabuleuses.

La voix était celle d'un homme grisonnant qui se tenait au bord de la piscine. Il avait les jambes torses, un buste étroit et une brioche bronzée qui distendait l'élastique de son short. Au second coup d'œil, je reconnus Simon Graff.

— Cours de sauvetage ! cria-t-il.

Son œil était vide et sa bouche pâteuse. Il fit un pas vers la rangée frémissante des jeunes personnes et posa sur l'épaule d'une starlette en robe pailletée un doigt qui s'enfonça dans la chair nue :

— Vous ! comment vous appelez-vous ?

— Martha Matthews.

Elle souriait, plongée dans une extase délicieuse, en plein dans le feu d'un projecteur.

— Vous êtes une jolie petite fille, Martha. Aimeriez-vous que je vous sauve la vie ?

— J'adorerais, tout simplement, monsieur Graff.

— Allons-y, alors. Sautez là-dedans.

— Mais... et ma robe ?

— Vous pouvez l'enlever, Martha.

Elle tira sa robe par-dessus sa tête et la tendit à une autre jeune personne. Graff l'envoya d'une poussée au milieu de la piscine. L'agile photographe prit un cliché en pleine action. Graff plongea derrière elle et la tira jusqu'à l'échelle, sa grosse main veinée pétrissant la jeune peau. Elle souriait encore et toujours. Le maître nageur les regardait sans laisser percer la moindre expression sur son visage noir.

Je me sentais l'envie de boxer quelqu'un mais il n'y avait personne d'assez gros à ma portée. Je m'éloignai et Sammy Swift m'emboîta le pas. A l'extrémité de la piscine, laissée dans la pénombre, nous allâmes nous adosser à une jardinière débordante de bégonias et allumâmes des cigarettes. Le visage de Sammy était mince et pâle dans la demi-obscurité. Il aurait mieux valu ne pas approcher une allumette de son haleine.

— Vous savez pourquoi Graff fait son numéro de sauvetage ? dit-il. Il le ressort à toutes les réceptions, comme un coucou bien réglé, mais je crois bien être le seul qui comprenne ce que ça veut dire. Je crois que même Sim ne le sait pas lui-même.

— Racontez-moi cela.

Sammy prit un air de profonde sagesse ; il s'écria, dans un jargon de psychiatre :

— Sim a un complexe inexprimé qu'il doit combattre. Il est poursuivi par l'idée fixe de cette fille qui est morte l'année dernière.

— Quelle fille ? demandai-je en essayant de contenir l'excitation de ma voix.

— La fille qu'on a trouvée sur la plage avec deux balles dans le corps. C'est arrivé juste là derrière.

Il eut un geste vers l'océan, invisible présence au-delà de la frange de lumière.

— Sim en pinçait pour elle.

— Intéressant, si c'est vrai.

— Seigneur ! vous pouvez me croire sur parole. J'étais avec Sim le matin où il a reçu la nouvelle. Il a un poste de radio dans son bureau, il veut être le premier à tout savoir, et quand il a entendu son nom, il est devenu blanc comme un linge, s'est enfermé dans sa salle de bains particulière et n'en est pas ressorti avant une heure. Quand il a reparu, il avait l'air d'un revenant. Et depuis, il n'a plus jamais été tout à fait le même. Comment s'appelait-elle donc ? Ah ! oui : Gabrielle quelque chose !

— Je crois me souvenir vaguement de cette affaire. Mais n'était-elle pas un peu jeune pour lui ?

— Il n'est pas si vieux. Ce n'est que l'an dernier que ses cheveux sont devenus gris ; et la mort de cette fille en a été la cause.

— En êtes-vous sûr ?

— Et comment ! Je les ai vus ensemble une ou deux fois ce printemps-là, et j'ai des antennes, mon gars ; c'est une des exigences du métier de scénariste.

— Où les aviez-vous rencontrés ?

— Par ici, et une fois à Vegas. Ils étaient étendus au bord d'une piscine d'un des grands hôtels et fumaient la même cigarette.

Il regarda d'un œil fixe l'extrémité rougeoyante de son propre mégot et le jeta dans l'eau d'une pichenette.

— Peut-être ferais-je mieux de ne pas vous raconter ces histoires, mais vous ne me trahirez pas ; et tout ça, c'est du passé, après tout. Sauf qu'il continue à remâcher cette histoire jusque dans les moments les plus cinglés de son existence de dingue. Il essaie de remettre en scène sa mort, vous comprenez, pour tenter de la sauver. La seule note agréable, c'est qu'il fait ça dans une piscine chauffée.

Son regard errait vers l'autre bout du bassin où Graff posait pour de nouvelles photos avec quelques jolies filles.

— Je hais vraiment ce bâtard, murmura Sammy.

— Qu'est-ce qu'il vous a fait?

— C'est à Flaubert qu'il a fait quelque chose. Je suis sur le script de *Carthage* et Simon Graff n'arrête pas de me surveiller en me soufflant dans le cou.

Sa voix changea : il imitait l'accent de Graff.

— « Mathô est notre jeune premier, on ne peut pas le laisser mourir. Il faut le garder vivant pour la jeune fille, c'est essentiel. J'y suis : elle va le soigner et le sauver après la bagarre. Qu'est-ce que vous dites de ça? On ne perdra rien pour l'action et on y gagnera du sentiment. Salammbô le réhabilitera, vous voyez ça? Le gars est une sorte de révolutionnaire avant la lettre, mais il est sauvé de lui-même par l'influence d'une femme bien. Il lessivera la révolte barbare pour elle. La fille l'attendra à l'arrière. Ils s'embrassent. Ils se marient. » Vous n'avez pas lu *Salammbô*? demanda Sammy, reprenant sa propre voix.

— Il y a longtemps, dans une traduction. Je ne me souviens pas bien de l'histoire.

— Alors vous ne voyez pas ce dont je parle. *Salammbô* est une tragédie; mais Graff veut lui donner une fin heureuse. Et c'est moi qui dois l'écrire. Jésus! dit-il sur un ton de surprise. Pourquoi me faire ça à moi, et à Flaubert? Je voue un véritable culte à Flaubert.

Mais il était trop chancelant et trop cynique pour s'émouvoir bien longtemps. Il se frotta hypocritement un œil et gloussa.

— Après tout, ne versons pas de pleurs sur le sang répandu. Si on buvait un coup, Lew? Un bon petit cocktail, ça vous dirait quelque chose?

— Dans un instant. Connaissez-vous une fille nommée Hester Campbell?

— Je l'ai vue par ici.

— Récemment?

— Non, pas récemment.

— Quelles sont ses relations avec Graff, avez-vous une idée?

— Non, je n'en sais rien, répondit-il d'une voix tranchante.

18

Graff arrivait en se pavanant le long de la piscine, entouré par son harem papillonnant et ses eunuques. Je ne me sentais pas prêt à lui parler et lui tournai le dos jusqu'à ce qu'il nous ait dépassés. Sammy était bavant d'hostilité.

— J'ai absolument besoin d'un verre, dit-il. Que diriez-vous de me rejoindre au bar?

— Plus tard, peut-être.

— Bon. A tout à l'heure. Et ne me doublez pas.

Je promis de ne pas le trahir, et Sammy s'éloigna dans la direction de la lumière et de la musique. A ce moment, les alentours immédiats de la piscine étaient déserts, à l'exception du Noir qui s'affairait autour du plongeoir. Il trotta dans ma direction, une double brassée de serviettes sales dans les bras, et alla les jeter dans une petite pièce éclairée au bout de la rangée des cabines. Je le suivis et tambourinai sur la porte ouverte.

— Qu'est-ce que je peux faire pour vous, monsieur ? fit-il.

— Rien, merci. Comment vont les poissons exotiques ?

Il me jeta un bref regard et me reconnut :

— Pas de problèmes avec eux ce soir. Seulement avec les gens. Je crois que c'est la boisson qui leur fait cet effet. Faut voir à quelle vitesse ils descendent leurs verres.

— En fait de descente, votre patron a l'air drôlement qualifié !

— Mr. Bassett ? Ouais. Il boit comme un trou, surtout depuis que sa mère est morte. Il m'a dit un jour que c'était la seule femme qu'il ait jamais aimée.

— Tant mieux pour lui. Savez-vous où il est en ce moment ?

— Il circule à travers la réception. Vous voulez que je vous le cherche ?

— Pas pour l'instant, merci. Vous connaissez Tony Torres ?

— Très bien. Nous avons travaillé ensemble des années.

— Et sa fille ?

— Un peu, dit-il, sur ses gardes. Elle travaillait ici, elle aussi.

— Est-ce que Tony est dans les parages ? Il n'est pas à la grille.

— Non, il n'a pas été retenu pour la soirée. Peut-être Mr. Bassett a-t-il oublié de lui en parler.

— Où Tony habite-t-il, le savez-vous ?

— Je pense bien. Pratiquement sous nos pieds. Il s'est arrangé une chambre près de la chaufferie, l'année dernière. Il m'a dit qu'il avait toujours froid la nuit.

— Montrez-moi le chemin, voulez-vous ?

Il ne bougea pas, sinon pour jeter un coup d'œil à sa montre-bracelet :

— Il est une heure et demie. Vous n'allez pas le réveiller au milieu de la nuit ?

— Si, je voudrais bien.

Il haussa les épaules et me conduisit jusqu'à un escalier de ciment, puis à travers une pièce surchauffée où séchaient des maillots de bain sur des supports de bois, entre les deux grosses chaudières qui chauffaient la piscine et les bâtiments. Derrière, une petite pièce avait été aménagée avec du contreplaqué, comme un placard un peu vaste.

— Tony habite ici parce qu'il l'a demandé, dit le maître nageur plutôt sur la défensive. Il ne voulait plus vivre dans sa maison sur la plage ; il l'a vendue. J'aimerais que vous ne le dérangiez pas. Tony est un vieil homme ; il a besoin de repos.

Mais Tony était déjà éveillé. Ses pieds nus glissèrent sur le plancher et la lumière s'alluma, filtrant entre tous les interstices du contreplaqué et dans l'encadrement de la porte. Tony l'ouvrit et nous regarda en clignant des paupières.

— Désolé de vous tirer du lit, m'excusai-je. J'aimerais bavarder avec vous.

— A quel sujet ? Qu'est-ce qui se passe ?

— Rien d'ennuyeux.

Rien que deux meurtres dans sa famille dont un qu'il était censé ignorer encore.

— Puis-je entrer ?

— Bien sûr. En fait, je crois que j'aimerais bien, moi aussi, bavarder avec vous.

Il ouvrit toute grande la porte et recula avec un geste d'une très grande courtoisie.

— Tu entres, Joe ?

— Il faut que je remonte, répondit le maître nageur.

Je le remerciai et entrai. La pièce était chaude et petite, éclairée par une ampoule au bout de son fil. Je n'ai jamais vu de cellule de moine, mais cette chambre devait y ressembler. Deux images étaient épinglées au mur à la tête du lit. L'une était une photo des studios colorée à la main représentant une jolie fille aux yeux noirs dans une robe blanche de distribution de prix ; l'autre, une Vierge en quadrichromie, la main posée sur un cœur rayonnant.

Tony m'avança une chaise de cuisine tandis qu'il s'asseyait sur le bord du lit. Il fixait le plancher de ses yeux impassibles et noirs comme le charbon.

— Toute la journée et la moitié de la nuit, j'ai pensé à vous, commença-t-il. Vous êtes détective, qu'il a dit Mr. Bassett.

— Détective privé.

— Ouais, privé. J'aime mieux ça. Ces flics du comté, on ne peut pas avoir confiance... Ils se baladent dans leurs belles autos, ils coffrent n'importe qui pour un phare qui clignote ou pour une bouteille jetée sur la voie publique. Et puis, s'il arrive quelque chose de vraiment mauvais, y a plus personne.

Il tourna lentement la tête à gauche comme mû par une impulsion irrésistible, et contempla la jeune fille en robe blanche.

— Je crois que vous avez entendu parler de Gabrielle, ma fille.

— Oui.

— Tuée d'un coup de feu sur la plage ; c'est moi qui l'ai trouvée. Le 21 mars, l'an dernier. Elle était partie toute la nuit, elle passait soi-disant la soirée chez une amie. L'ai trouvée au petit matin, dix-huit ans... ma fille unique.

— J'en suis navré.

Son regard noir scruta mon visage, jaugeant la profondeur de ma sympathie. Sa bouche s'était élargie aux coins dans la douleur de ce souvenir :

— J'en ai encore le cœur qui saigne. C'était ma faute, je l'avais vu venir. Comment aurais-je pu bien l'élever moi-même ? Une gosse sans mère ? Une jolie fille en plus. Comment aurais-je pu lui dire ce qu'il fallait faire ?

— Qu'est-il arrivé à votre femme, Tony ?

La question le surprit ; il dut réfléchir un moment :

— Elle s'est sauvée de chez nous, il y a longtemps maintenant. Avec un homme. Aux dernières nouvelles, elle est à Seattle, toujours folle des hommes. Ma Gabrielle tenait d'elle, je suppose. Je suis allé à la mission catholique leur demander ce que je devais faire. Le père m'a conseillé de la mettre dans une école religieuse, mais ça coûtait trop cher. Trop cher pour sauver la vie de ma fille. D'accord, j'ai fait des économies. L'argent est toujours en banque, y a plus personne pour le dépenser.

— Vous ne pouviez pas vivre sa vie à sa place, Tony.

— Non. Ce que je pouvais faire, c'était la boucler avec des bonnes gens pour la garder. Et j'pouvais aussi foutre Manuel hors de chez moi.

— Il a quelque chose à voir avec sa mort ?

— Manuel était en prison quand c'est arrivé. Mais c'est avec lui qu'elle a commencé à courir. Je n'ai pas compris pendant longtemps ; il lui apprenait à me mentir. C'était l'entraînement au basket-ball, ou à la piscine, ou la soirée passée chez une amie. Et pendant tout ce temps, dans mon dos, elle se baladait sur le siège arrière des motos de ces propres à rien, et elle s'entraînait, oui, elle s'entraînait à devenir une sale...

Sa bouche se referma sans prononcer le mot. Après un silence, il reprit plus calmement :

— Cette fille que j'ai vue avec Manuel sur Venice Speedway, Hester Campbell ; c'est chez elle que Gabrielle était supposée passer la soirée, la nuit où elle a été tuée. Et ce matin, vous arrivez pour me parler de Manuel. Ça m'a fait réfléchir au sujet de celui qui lui a fait ça. Manuel et la blonde, pourquoi qu'ils sont ensemble, pouvez-vous me le dire ?

— Peut-être plus tard le pourrai-je, Tony. Dites-moi, avez-vous quitté le club aujourd'hui, ou ce soir ? Avez-vous vu votre neveu Manuel ?

— Non aux deux questions.

— Combien de revolvers possédez-vous ?

— Juste un.

— Quel calibre ?

— Colt 45. Il est là.

Il fouilla derrière l'oreiller et me tendit son arme. La chambre était vide et aucun signe ne pouvait permettre de penser qu'elle avait servi récemment. De toute manière, les douilles trouvées à côté du cadavre de son neveu étaient probablement du 32.

— L'appartient au club, ajouta Tony. J'ai un permis pour le port.

Je le lui rendis. Il le pointa vers le plancher, et parla d'une voix très vieille, sèche, terrifiante :

— Si jamais je savais qui l'a tuée, cet engin-là servirait. Je n'attendrais pas que des flics à la manque viennent faire mon boulot.

Il se pencha en avant et tapota mon bras du bout du canon, très légèrement.

— Vous êtes détective, m'sieur ; trouvez-moi qui m'a tué ma fille et vous aurez tout ce que je possède.

— Gardez votre argent et rangez ce revolver, Tony.

Il le glissa sous son oreiller et se leva :

— L'est trop tard, hein ? Près de deux ans, c'est loin. Ça ne vous intéresse pas, les histoires d'enfants perdus, vous avez d'autres boulots.

— Ça m'intéresse beaucoup. En fait, c'est de cela que je voulais vous parler.

— C'est ce qu'on appelle une coïncidence, hein ?

— Je ne crois pas beaucoup aux coïncidences. En cherchant bien, on s'apercevrait généralement qu'elles ont une bonne raison d'être. Et je suis sûr que celle-ci ne fait pas exception.

— Vous voulez dire, reprit-il lentement, Gabrielle, Manuel et sa blonde ?

— N'en parlons pas pour le moment. Que vous ont dit les flics en mars de l'an dernier ?

— Pas d'indices, pas de preuves, qu'ils ont dit. Ils ont farfouillé quelques jours dans les environs et puis, ils ont clos l'affaire. Ils ont parlé d'un voleur, mais je n'y crois pas. Quel voleur irait tuer une jeune fille pour soixante-quinze cents ?

— Lui avait-on fait violence ?

Un voile troubla ses yeux noirs, les muscles de son visage se crispèrent, comme agités par une tempête intérieure, chamboulant ses traits et son expression.

— Pas violée, rectifia-t-il avec difficulté. Mais le docteur a dit qu'elle avait été avec un homme à un moment de la nuit. Je ne voulais pas parler de ça !

Il se leva, tira une vieille valise de sous le lit, l'ouvrit et farfouilla sous une pile de chemises. Il se redressa en soufflant, un vieux magazine écorné à la main.

— Tenez, reprit-il avec brusquerie. Lisez !

C'était un magazine policier à la couverture sadiquement illustrée, qui s'ouvrit tout de suite au milieu sur un article intitulé : LE MEURTRE DE LA VIERGE VIOLÉE. C'était un récit du meurtre de Gabrielle Torres, illustré de photographies d'elle et de son père. On voyait Tony en conversation avec un policier en civil identifié par la légende comme étant le délégué Theodore Marfeld. Marfeld était encore dans la police en mars.

Je perdis vite patience devant l'accumulation des clichés et du verbiage romantique : l'auteur de l'article ne devait pas avoir grand-chose à dire. En bref, Gabrielle ne jouissait pas d'une bonne réputation. Il y avait eu bien des hommes dans sa vie dont on ne donnait pas les noms. L'autopsie avait prouvé que son corps contenait de la semence mâle et deux balles de revolver. La première ne lui avait infligé qu'une blessure superficielle à la cuisse, qui avait toutefois abondamment saigné. Ce qui indiquait qu'un moment s'était écoulé entre les deux coups de feu. La seconde balle était entrée dans le dos, à travers les côtes, et avait frappé au cœur.

Les deux coups avaient été tirés avec le même revolver, qu'on n'avait pu retrouver. C'est du moins ce que déclaraient les experts en balistique.

Theodore Marfeld avait déclaré, et ces paroles terminaient l'article : « Nos filles doivent être protégées. Je résoudrai le problème de ce crime hideux, même si je dois y passer le reste de mon existence. Pour le moment, je n'ai aucune preuve définitive. »

Je levai les yeux vers Tony :

— Gentil garçon, Marfeld !

— Ouais.

Il avait perçu l'ironie.

— Vous le connaissez, hein ?

— Je le connais.

Je me levai. Tony me prit le magazine des mains, le rangea dans la valise qu'il renvoya d'un coup de pied à sa place. Il chercha la poignée qui commandait la lumière et éteignit la salle des chaudières.

19

Je décidai de voir Bassett et me rendis par la galerie dans son bureau où il n'était toujours pas. Je partis alors en quête d'un verre. Sous le toit en avancée d'une grande cour intérieure, des danseurs glissaient sur le dallage aux accents de l'orchestre décimé.

Mon amie, la plongeuse aux hanches raides, valsait avec le célibataire type pour annonce publicitaire. Les diamants de ses doigts brillaient sur l'épaule vêtue de drap sombre. Il n'eut pas l'air d'apprécier quand je les interrompis mais il obtempéra tout de même aimablement. La femme dansait de façon un peu raide.

— Je m'appelle Lew Archer, dis-je quand la musique s'arrêta. Puis-je bavarder quelques instants avec vous ?

— Pourquoi pas ?

Nous nous installâmes sur la terrasse séparée de la piscine par un mur de verre.

— Vous n'êtes pas membre du club et vous n'êtes pas non plus un des invités de Simon Graff. Laissez-moi deviner.

Elle posa son doigt sur son menton pointu et ses diamants étincelèrent.

— Reporter ?

— Essayez encore.

— Policier ?

— Vous êtes très maligne ou je suis très transparent.

Elle m'étudia entre ses paupières mi-closes et sourit à demi :

— Non, je ne dirais pas cela. Vous m'avez questionnée au sujet d'Hester Campbell tout à l'heure, et votre manière de le faire m'a fait penser que vous pouviez être policier, voilà tout. Dites-moi, pourquoi est-elle recherchée ? Vol ?

— Je n'ai pas dit qu'on la recherchait.

— Pourtant on devrait bien. C'est une voleuse, vous savez, fit-elle avec un sourire mordant. J'avais laissé mon sac dans ma cabine, un jour de l'été dernier. C'était le matin de bonne heure, il n'y avait personne ici, sauf les employés, et je ne me suis pas souciée de fermer la porte à clé. J'ai fait quelques plongeons, je me suis douchée, et, quand je suis revenue m'habiller, mon sac s'était envolé.

— Comment savez-vous que c'est elle qui l'avait pris ?

— Aucun doute là-dessus. Je l'ai vue se glisser par le couloir des douches, juste avant de m'apercevoir de cette disparition. Elle tenait à la main quelque chose enveloppé dans une serviette, et elle avait un air coupable. Elle ne m'a pas trompée une minute. Je l'ai suivie et lui ai demandé de but en blanc de me le rendre. Bien sûr, elle a nié, mais j'ai bien vu son air affolé.

— Un air affolé est une bien faible preuve.

— Oh ! il n'y a pas que ça. D'autres membres du club ont subi des pertes également et toujours elles coïncidaient avec la présence de Miss Campbell dans les environs. Je sais que j'ai l'air de lui vouloir du mal, mais ce n'est pas vrai. J'ai fait de mon mieux pour aider cette fille, vous savez. Je l'ai considérée presque comme ma protégée pendant un temps. Aussi, ça m'a fait plutôt de la peine quand je l'ai prise sur le fait. Il y avait plus de cent dollars dans mon sac, mon permis de conduire et mes clés qu'il m'a fallu remplacer.

— Avez-vous déclaré le vol ?

Ma voix était plus sèche que je ne l'aurais voulu.

— Non, du moins pas aux autorités. Je m'en suis tenue à Mr. Bassett, mais elle l'avait pratiquement sous sa coupe. Il ne pouvait simplement pas croire qu'elle agissait mal... jusqu'à ce que ça tombe sur lui.

— Que s'est-il passé ?

— Hester l'a volé, lui aussi, affirma-t-elle avec une certaine complaisance. C'est-à-dire, je ne peux le jurer, mais j'en ai la conviction. Miss Hamblin, sa secrétaire, est une amie à moi et j'ai entendu des choses. Bassett était horriblement à plat le jour où elle est partie et Miss Hamblin m'a confié qu'il avait changé la combinaison de son coffre le jour même.

— Tout ça est bien mince. A-t-il porté plainte ?

— Bien sûr que non ! Il n'en a jamais soufflé mot à personne. Il avait bien trop honte de s'être laissé avoir par elle.

— Et vous n'avez jamais rien dit, vous non plus ?

— Jusqu'à maintenant. Je la prenais pour une amie. J'aurais même pu lui pardonner, pour mon sac ; mais je l'ai vue la semaine dernière chez *Myrins*. J'ai marché droit sur elle, prête à lui tendre la main, mais elle a fait comme si elle ne me connaissait pas. Aussi j'ai pensé : « Si elle est soudain remise à flot au point de pouvoir se payer des toilettes de chez *Myrins*, elle pourrait au moins me rendre mes cent dollars. »

— Vous avez besoin d'argent, n'est-ce pas ?

Sa main repoussa la suggestion, fièrement, comme si je l'avais accusée de faiblesse morale ou de malformation physique.

— Bien sûr que non, quelle idée ! C'est seulement pour le principe ; je croyais qu'Hester m'aimait, que c'était une véritable amie. Je l'entraînais à plonger dans la piscine de mon père. J'ai même donné une réception pour elle, le jour de son anniversaire.

— Quel âge avait-elle ?

— C'était pour ses dix-huit ans. Elle était la plus jolie fille du monde à ce moment-là, et la plus charmante. Je n'arrive pas à comprendre... Qu'est-il advenu de toute sa gentillesse ?

— Ça arrive à un tas de gens.

J'avais vraiment besoin d'un verre. Je la remerciai donc, m'excusai et me dirigeai vers le bar.

De l'autre côté, derrière la vitre et devant une des tables de marbre dans la cour, à l'ombre striée d'un bananier, Simon Graff était assis avec sa femme. Ses cheveux gris étaient encore sombres et lisses après la douche. Il portait un smoking, une chemise rose et un nœud papillon rouge. Elle était vêtue d'un manteau de vison bleu sur une robe noire brodée d'or et démodée. Le visage de Graff demeurait sombre et tendu pendant qu'il lui parlait. Je ne pouvais pas voir celui de sa femme qui regardait à travers le mur de verre, vers la piscine. J'avais un cornet acoustique amplificateur dans ma voiture et allai au parking pour le chercher. Quelques voitures étaient déjà parties, mais j'en remarquai une nouvelle cependant : la conduite intérieure de Carl Stern. Elle portait un numéro de location sans chauffeur que je ne pris pas le temps de relever.

Graff parlait toujours quand je revins vers la piscine. Dissimulé par le bananier, j'avançai un fauteuil de rotin contre le mur de verre et pressai l'amplificateur contre la vitre. Le truc marcha parfaitement.

— Oh ! oui, certainement, tout est de ma faute, reconnaissait-il. Je suis votre bête noire personnelle ! Réfléchissez une minute, Isobel, s'il vous reste assez d'esprit. Songez à ce que j'ai fait pour vous, à ce que j'ai supporté et continue à endurer. Pensez où vous en seriez si je n'étais pas là pour vous soutenir.

— Car vous me soutenez ?

— Ne discutons pas sur les mots. Je sais ce que vous voulez ; je connais votre but en m'attaquant. Vous avez souffert et vous voulez que je souffre aussi. Mais je refuse.

— Que Dieu vous damne ! murmura-t-elle dans un sifflement sourd.

— Que Dieu me damne, hein ? Combien de verres avez-vous bus ?

— Cinq, ou dix, ou douze. Qu'est-ce que cela veut dire ?

— Vous savez que vous ne devez pas boire. L'alcool peut vous être fatal. Dois-je appeler le Dr Frey et vous faire enfermer de nouveau ?

— Non !

Elle semblait terrifiée.

— Je ne suis pas ivre.

— Bien sûr que non ! Vous êtes la sobriété personnifiée. Mais laissez-moi vous dire une chose, madame Sobriété : vous n'allez pas me fiche par terre ma réception, d'aucune manière que ce soit. Si vous ne pouvez ni ne voulez agir en hôtesse, vous n'avez qu'à vous retirer. Toko vous reconduira.

— Prenez-la, elle, comme hôtesse, pourquoi pas ?

— Qui ? De qui voulez-vous parler ?

— Hester Campbell. Ne me dites pas que vous n'allez jamais la voir.

— Pour des questions de travail. Si vous avez engagé des détectives, vous le regretterez.

— Je n'ai pas besoin de détectives. J'ai mes propres sources de renseignements. Est-ce pour affaires que vous lui avez donné la maison ? Et les vêtements, est-ce pour affaires que vous les lui avez offerts ?

— Que savez-vous de cette maison ? Y avez-vous été ?

— Ça ne vous regarde pas.

— Si !

Le mot s'échappa comme la vapeur d'une soupape surchauffée.

— Ça me regarde même personnellement. Avez-vous été dans cette maison aujourd'hui ?

— Peut-être.
— Répondez-moi, espèce de cinglée !
— Vous n'avez pas le droit de me parler comme ça.

Elle commença à l'injurier d'une voix basse, insistante. On aurait dit que les injures sortaient du plus profond d'elle-même, qu'elle en tirait une nouvelle et violente personnalité.

Tout à coup, elle se leva et je la vis traverser le patio en ligne droite, entre les couples de danseurs, comme s'ils avaient été des fantômes, des songes abolis par son esprit. Sa hanche heurta l'embrasure de la porte quand elle pénétra dans le bar.

Elle en ressortit aussitôt par une autre porte. Je surpris un instant son expression dans la lumière de la piscine. Elle était blanche et semblait mortellement effrayée. Peut-être la foule lui faisait-elle peur ? Elle s'enfonça vers l'extrémité obscure de la piscine, trébuchant sur ses hauts talons, et entra dans une des dernières cabines.

Je m'avançai à l'autre bout de la piscine. D'une porte fermée à clé dans la clôture, une volée de marches de ciment descendait vers la plage. Les grandes marées avaient creusé et déformé les derniers degrés de l'escalier.

Je m'appuyai contre le battant et allumai une cigarette. Je dus protéger la flamme du courant d'air froid qui montait de l'eau. Avec le ciel chargé de gros nuages au-dessus de ma tête, cela contribuait à créer l'illusion que j'étais à la proue d'un navire qui traçait sa route dans la brume.

20

Quelque part derrière moi, une voix de femme s'éleva, suraiguë. Une voix d'homme répondit et la couvrit. Je me tournai pour scruter la piscine déserte et brillante. Tous deux se dressaient l'un contre l'autre, à la limite de la frange de lumière, si près que leurs deux ombres se confondaient en une masse informe. Ils étaient à l'autre bout de la galerie, à près de vingt mètres de moi, mais leurs voix me parvenaient très clairement au-dessus de l'eau.

— Non ! répétait-elle ; vous êtes fou, je n'ai pas fait ça !

Je m'engageai dans la galerie et marchai vers eux en me maintenant dans la zone d'ombre.

— Je ne suis pas le seul à être fou, disait l'homme. Nous savons qui est fou ici, ma belle.

— Laissez-moi seule. Ne me touchez pas.

Je reconnus la voix de la femme, celle d'Isobel Graff. Je ne pouvais identifier l'homme, qui hurlait :

— Putain, sale putain, pourquoi lui avoir fait ça ? Qu'est-ce qu'il vous avait fait ?

— Ce n'est pas moi. Laissez-moi tranquille, salaud !

Elle lui lança quelques autres épithètes, révélatrices de la richesse de son vocabulaire. Il lui répondit, d'une voix basse, assourdie, quelque chose que je ne pus saisir. Ses intonations dénotaient un accent de la côte est. J'étais maintenant assez près pour le reconnaître : c'était Carl Stern.

Il eut une sorte de cri de félin, une sorte de grognement miaulé, et commença de la gifler, par deux fois, de toutes ses forces. Elle porta à son visage ses mains aux doigts écartés. Il l'attrapa par les poignets. Le manteau de vison glissa sur le ciment comme un gros animal bleu sans tête. Je me mis à courir sur la pointe des pieds.

Stern rejeta brusquement loin de lui Isobel qui alla cogner puis s'affaler contre la porte d'une cabine. Il se tenait au-dessus d'elle, puissant et large dans son imperméable sombre. La lumière verdâtre de la piscine soulignait la cruauté de ses traits de bronze.

— Pourquoi l'avez-vous tué ?

Elle ouvrit et referma la bouche, mais aucun son ne sortit. Son visage tourné vers le haut semblait un paysage lunaire. Il se pencha vers elle, dans une rage silencieuse et si concentrée qu'il ne s'aperçut de ma présence que quand je l'eus frappé.

Je lui donnai un coup d'épaule, l'empoignai par les coudes et palpai ses flancs en quête d'un éventuel revolver. De ce côté, il semblait sans défaut. Il se mit à ruer et à renâcler comme un cheval rétif en essayant de secouer mon emprise. Il était d'ailleurs presque aussi fort qu'un cheval. Ses muscles résistaient sous ma poigne. Il m'envoyait des coups de pied dans les tibias, m'écrasait les orteils et essayait de me mordre les bras.

Je le relâchai, et, quand il se retourna, le cueillis à la pointe du menton avec mon poing droit. Je n'aime pas les gens qui mordent. Il pivota et tomba en me tournant le dos. Ses mains glissaient le long de son pantalon. D'un même mouvement, il se retourna et se releva. Ses yeux n'étaient plus que deux fentes noires au centre d'une face hagarde. Une ligne blanche soulignait sa bouche et les ailes sombres de son nez. Jaillissant du poing qu'il tenait à hauteur de son ventre, la lame d'un couteau brillait faiblement.

— Jetez ça, Stern.

— Je vais vous trancher la gorge.

Sa voix était haute et rauque comme le son d'une lime sur un morceau de métal.

Je n'attendis pas qu'il bouge. Je lançai un direct du droit qui s'écrasa sur sa figure et le secoua durement.

Son menton se leva pour recevoir le crochet du gauche qui compléta la démonstration et le mit knock-out. Il se balança sur ses pieds pendant quelques secondes, puis s'écroula sur lui-même. Le couteau tomba en cliquetant sur le ciment. Je le ramassai et le refermai.

Des pas rapides s'approchaient le long de la galerie : c'était Clarence Bassett, essoufflé sous sa chemise trempée.

— Qu'est-ce qui se passe ?

— Combat de matous. Rien de sérieux.

Il aida Mrs. Graff à se remettre debout. Elle s'appuya contre le mur et se mit à retendre ses bas plissés. Il ramassa le manteau et l'épousseta d'une main légère comme si le vison et la femme avaient pour lui la même importance. Carl Stern se releva, groggy, et me lança un regard lourd de haine :

— Qui êtes-vous ?

— Je m'appelle Archer.

— Le détective, hein ?

— Un détective qui estime qu'on n'a pas le droit de battre une femme.

— Chevaleresque, hein ? Vous vous mordrez les doigts un jour pour ça, Archer.

— Je ne crois pas.

— Mais moi si. J'ai un tas d'amis. J'ai des relations. Vous êtes fini à Los Angeles, le saviez-vous ? Complètement lessivé.

— Signifiez-le-moi par écrit, voulez-vous ? Je n'aime pas laisser ce genre de choses dans le vague.

— A propos de relations, dit calmement Bassett à Stern, vous n'êtes pas membre de ce club.

— Je suis invité par un membre. Et vous allez le regretter amèrement vous aussi.

— Seigneur, c'est déjà fait ! Vraiment drôle ! Et de qui seriez-vous l'invité ?

— De Simon Graff. Je veux le voir. Où est-il ?

— Nous n'allons pas déranger Mr. Graff pour le moment. Puis-je faire une suggestion ? Il commence à se faire tard, pour les uns encore plus que pour les autres. Ne croyez-vous pas qu'il est l'heure de prendre congé ?

— Je n'ai pas d'ordre à recevoir des domestiques.

— Ah oui, sans blague !

Le sourire de Bassett n'affectait que ses dents blanches et laissait ses yeux tristes. Il se tourna vers moi.

— Vous voulez une nouvelle correction, Stern ? proposai-je. Ce sera avec plaisir.

Stern me fixa un long moment, une flamme rouge dansant dans son regard sombre. La flamme finit par diminuer.

— Très bien, je m'en vais, dit-il. Rendez-moi mon couteau.

— Oui, si vous me promettez de vous trancher la gorge avec.

Il eut une nouvelle poussée de colère, mais elle manquait d'énergie. Il avait l'air malade. Je lui tendis le couteau refermé, qu'il prit et fourra dans la poche de son manteau. Il fit demi-tour et se dirigea vers la porte en trébuchant. Bassett marchait derrière lui, à distance, tel un gendarme attentif.

Mrs. Graff s'affairait avec une clé à la porte de la cabine, incapable de contrôler le tremblement de ses mains. Je tournai la clé pour elle et poussai le commutateur. La lumière indirecte jaillit aux quatre coins du plafond tendu de filets de pêche. La pièce était meublée et arrangée en style île du Pacifique, avec des stores de bambou aux fenêtres, des tapis en fausse herbe par terre, des fauteuils de rotin et des chaises longues. Même le bar, dans un coin, était en rotin. A côté, au fond de la pièce, deux grosses portes de bois s'ouvraient sur les vestiaires.

Mrs. Graff, pendant un long moment, se prit la tête entre ses deux mains serrées étroitement d'où s'échappaient des mèches semblables à des plumes sombres et désordonnées. Sa douleur silencieuse était plus criante qu'un hurlement.

— Vous n'êtes pas malade, madame Graff ?

Je posai la main sur le dos enveloppé de vison bleu. Elle s'éloigna, lança le manteau loin d'elle. Ses épaules tressaillaient, sa poitrine tremblait. Elle se tenait, gonflée d'une sorte d'orgueil à rebours, mêlé à de la honte, comme une jeune fille soudain consciente de son corps.

— Vous sentez-vous bien, madame Graff ?

Elle me répondit par un sourire brillant d'actrice qui n'allait pas du tout avec la dureté de son visage, ni avec celle de ses yeux :

— Je me sens très bien. Magnifiquement bien.

Elle esquissa un bref pas de danse pour le prouver en faisant claquer ses doigts au bout de ses bras raides. Des bleus commençaient à apparaître sur la peau blanche, de la taille et de la couleur de raisins muscats. Elle chancela, perdit une sandale dorée et rejeta l'autre d'un coup de pied. Elle s'assit sur un des tabourets de bar en agitant ses pieds déchaussés, en les frottant l'un contre l'autre. On aurait dit des animaux aveugles, couleur chair, qui se faisaient des grâces sous l'ourlet de sa jupe.

— Je vous remercie de m'avoir sauvée d'un sort pire que la vie. Cette vieille petite frappe bourrée de drogue aurait pu me tuer. On ne s'attend pas à ce qu'ils soient si forts, ajouta-t-elle avec haine.

— Qui ça ? Les drogués ?

— Les pédés. Tous les pédés sont censés être

faibles. Comme tous les flics sont trouillards et tous les Grecs restaurateurs. Mon père était grec et tenait un restaurant à Newark, dans le New Jersey. Il aurait mieux fait de rester à Chypre, pour l'amour de Dieu! Quel bien cela m'a-t-il fait, à moi? J'ai fini dans une cellule, à faire des poteries et à tisser des tapis comme une vieille de village. A la différence que je payais pour ça. C'est toujours moi qui ai payé.

Elle semblait se remettre, ce qui m'encouragea à lui demander :

— Et c'est toujours vous qui parlez, aussi?

— Je parle trop?

Elle me décocha de nouveau son brillant et faux sourire.

— Ai-je l'air suffisamment sensée, bon Dieu?

— De temps en temps, bon Dieu!

Son sourire devint moins intense et, partant, plus réel. Elle tendit un bras marbré de bleu :

— Asseyez-vous, prenez un verre et dites-moi qui vous êtes.

— Je ne suis personne de particulier. Je m'appelle Archer, répondis-je en m'asseyant sur le tabouret voisin du sien.

— Moi non plus, je ne suis personne de particulier. Je le croyais pourtant. Mon père était Peter Heliopoulos et j'étais la princesse héritière; mon père m'appelait comme ça. Et maintenant...

Sa voix détonna durement.

— ... et maintenant un petit drogué d'Hollywood peut me flanquer par terre et s'en aller les mains dans les poches. Du temps de mon père, il ne serait pas sorti vivant. Mais mon mari, qu'en fait-il, lui? Il l'associe à ses affaires. Ils sont au mieux ensemble.

— Vous parlez de Carl Stern, madame Graff? Dans quelle sorte d'affaires sont-ils associés?

— Dans tout ce qu'on peut trafiquer à Las Vegas, jeux d'enfer et tout et tout.

— Comment savez-vous qu'il est drogué et trafiquant de drogue ?

— Je lui en ai acheté moi-même quand je me suis sauvée de chez les médecins. Maintenant, je suis désintoxiquée. Et je suis revenue à l'alcool. C'est un des bienfaits que m'a apportés le Dr Frey.

Ses yeux se fixèrent sur mon visage et elle reprit avec impatience :

— Vous ne vous êtes pas servi à boire. Allez-y, préparez-vous un verre, et un pour moi aussi.

— Vous croyez que c'est une bonne idée, Isobel ?

— Ne me parlez pas comme si j'étais encore une gosse ! Je ne suis pas ivre. Je tiens très bien l'alcool.

Le sourire brillant illumina son visage.

— Le seul ennui avec moi, c'est que je suis un peu folle. Mais pas en ce moment. J'ai été un peu à plat pendant un instant, mais vous avez été habile et calme. Je vais peut-être à la folie, je n'en sais rien, mais je n'y suis pas encore. Je ne suis qu'en route pour les sombres contrées. Quand ça arrive, ça ne me prend pas comme un insecte qui s'envole ou se pose sur moi. Simplement le sentiment des choses change et je ne peux plus sentir la différence entre moi et le monde extérieur.

Elle prit ma main dans la sienne qui tremblait :

— Ne me laissez pas parler trop. Ça me fait du mal. J'ai failli *partir,* juste à l'instant.

— Où alliez-vous ?

— Dans mon vestiaire.

Elle fit un geste pour désigner les portes cloutées.

— Pendant une seconde je me suis sentie là-dedans, nous regardant et m'écoutant parler moi-même. Je vous en supplie, donnez-moi à boire.

Je contournai le bar, sortis des cubes de glace du petit réfrigérateur et ouvris une bouteille de Johnnie Walker. Je servis deux verres, pas trop tassés. Je me sentais plus à mon aise de l'autre côté du bar. Cette femme me troublait, de la manière dont vous trouble un oiseau blessé ou un chat malade. Elle semblait vraiment sortie d'une histoire de fous et, en plus, elle avait l'air de le savoir. J'avais peur de laisser échapper une parole qui la ferait passer de l'autre côté de la barrière de la raison.

Elle empoigna son verre. Le tremblement régulier de sa main fit sauter le liquide ambré autour des cubes de glace. Comme pour démontrer sa maîtrise, elle y trempa à peine les lèvres. Je bus un peu du mien, posai les coudes sur le comptoir dans l'attitude du barman attentif.

— Pourquoi Stern vous a-t-il fait ça ?

— Je ne sais pas. Ils m'ont enfermée et punie, ce n'est pas gentil. J'ai fait quelque chose de terrible dans ma vie et maintenant ils m'en veulent pour tout ce qui peut arriver. Stern est un sale menteur : je n'ai jamais touché son mignon, je ne savais même pas qu'il était mort. Pourquoi lui aurais-je tiré dessus ? J'en ai bien assez sur le conscient... sur la conscience.

— Par exemple ?

Elle me jeta un regard aigu. Son visage devint dur comme pierre. Une de ses pupilles s'étrécit, l'autre s'élargit, noire et vide. Du côté de l'œil mince, sa lèvre supérieure se releva en laissant voir ses dents brillantes.

— Je suis une méchante, méchante fille. Je les ai vus le faire. J'étais derrière la porte et je les ai vus. Et j'étais à la fois dans la pièce et derrière la porte.

— Qu'est-ce que vous avez fait ?

— J'ai tué ma mère.

— Comment ?

— En le souhaitant, dit-elle calmement. J'ai souhaité la mort de ma mère. Ceci répond-il à votre question, monsieur le questionneur ? Vous êtes psychiatre ? Simon vous a engagé ?

— La réponse est non, et non.

La porte s'ouvrit brusquement derrière elle et Simon Graff apparut dans l'embrasure. Son visage était de granit :

— Isobel ! Que faites-vous ici ?

Sa réaction fut lente, comme mesurée. Elle se tourna et quitta son tabouret, le corps tendu et insolent, le verre tremblant entre ses mains :

— Ce que je fais ? Je raconte mes secrets. Je raconte tous mes sales petits secrets à ce cher ami à moi.

Il s'avança de quelques pas, elle lui jeta à la face son verre, qui passa à côté et alla s'écraser sur le mur près de la porte. Un peu de liquide lui éclaboussa le visage.

— Espèce de folle ! siffla-t-il. Rentrez à la maison avec moi. Je vais appeler le Dr Frey. Quant à vous, tenez-vous en dehors de tout ça, je vous préviens.

Son regard me traversa comme une flèche de glace.

— Cette femme est mon épouse.

— Elle en a de la chance !

— Qui êtes-vous ?

Je le lui dis.

— Que faites-vous dans ce club, dans cette réception ?

— J'observe les insectes.

— J'attends une réponse valable.

— Essayez de prendre un ton différent et vous aurez peut-être des chances d'en recevoir une.

Je contournai de nouveau le bar et vins me placer à côté d'Isobel. Graff me dévisageait, réellement étonné. Peut-être ne l'avait-on pas contredit depuis des années. Puis sa colère lui revint et se tourna contre sa femme :

— Est-il venu ici avec vous ?

— Non. Je lui ai seulement offert un verre. Il m'avait porté secours. Un homme m'a attaquée.

— Quel homme ?

— Votre ami Carl Stern, répondis-je. Il la secouait comme un prunier et l'a fichue par terre. Bassett et moi l'avons mis à la porte.

— Vous l'avez mis à la porte ? Vous avez permis ça, Isobel ?

Elle baissa la tête et prit une attitude affreuse, dressée sur une seule jambe, comme une écolière prise en faute.

— Vous ne m'avez pas écouté, Graff ? Ou bien ne voyez-vous pas d'objection à ce qu'on brutalise votre épouse ?

— Je m'occupe de ma femme comme je l'entends. C'est une malade mentale et elle a quelquefois besoin d'être fermement prise en main. Et je n'ai pas besoin de vous pour ça. Sortez !

— Quand j'aurai fini mon verre, merci.

J'ajoutai sur un ton badin :

— Qu'avez-vous fait de George Wall ?

— Je ne connais pas de George Wall.

— Vos gros durs le connaissent : Frost, et Marfeld, et Lashman. C'est le mari d'Hester.

— Je ne suis en rapport avec aucune Hester.

— Vous êtes un menteur, Graff.

Son visage passa du pourpre au blanc. Il alla à la porte et appela Bassett d'une voix forte et tremblante.

— Je veux qu'on jette cet homme dehors. Je n'autorise pas les trouble-fête, lui ordonna-t-il.

— Mr. Archer n'est pas un trouble-fête, répondit froidement Bassett, Mr. Archer est un détective, un privé que j'ai engagé pour des raisons personnelles.

— Donnez-lui la consigne, alors, de laisser mes

amis tranquilles. Carl Stern est un de mes associés. Je veux qu'on le traite avec respect.

Les yeux de Bassett brillèrent un peu, mais il fit face à Graff :

— Je suis gérant de ce club. Aussi longtemps que je le resterai, je suis seul juge de la conduite des gens qui s'y trouvent. Leurs amis n'y feront jamais rien.

Isobel Graff, assise sur son manteau qu'elle pétrissait à pleines mains, eut un petit rire. Graff serra les poings et commença de trembler :

— Sortez d'ici, tous les deux !

— Venez donc, Archer. Laissons à Mr. Graff quelque chance de retrouver ses bonnes manières.

Bassett était blanc et tremblant, mais il encaissait crânement. Je ne le soupçonnais pas de cacher tant de caractère.

21

Par la galerie, nous rejoignîmes son bureau. Il sortit des verres de son bar portatif, me versa une grande rasade de whisky et une plus forte encore pour lui-même. La bouteille, différente de celle que j'avais vue le matin même, était déjà presque vide. Cependant, Bassett semblait plutôt aguerri d'avoir bu tout le long de la journée.

— Jolie démonstration, commentai-je. Je croyais que vous aviez une peur bleue de Graff.

— Oui, quand je suis à jeun. Mais il y a des limites qu'un homme ne peut dépasser. Qu'est-ce qui vous amène ici, mon vieux ? Il s'est passé quelque chose ?

— Une foule de choses. J'ai vu Hester ce soir.

Il me regarda comme si j'avais dit avoir rencontré un fantôme.

— Vous l'avez vue ? Où ça ?

— Dans sa maison de Beverly Hills. Nous avons eu une petite conversation qui ne nous a menés nulle part.

— Ce soir ? Alors, elle est vivante ?

— A moins qu'elle n'ait ressuscité. Vous pensiez qu'elle était morte ?

Il mit un moment avant de répondre. Ses yeux étaient humides et vitreux, mais j'eus l'impression qu'il était immensément soulagé :

— J'avais une peur intense qu'elle ne soit morte. J'ai craint toute la journée que George Wall n'aille la tuer.

— Ça ne tient pas debout. Wall lui-même a disparu. Il est peut-être dans une mauvaise passe. La clique de Graff l'a peut-être descendu.

Bassett ne s'intéressait pas à Wall. Il fit le tour de son bureau et posa une main frémissante sur mon épaule :

— Vous n'êtes pas en train de me raconter des mensonges ? Vous êtes certain qu'Hester va bien ?

— Elle se portait bien, physiquement parlant, il y a environ deux heures. Je ne sais que penser d'Hester. Elle a l'art et la manière de parler d'une gentille fille, mais elle est compromise avec la plus sordide bande de tout le Sud-Ouest. Dont Carl Stern, par exemple. Que feriez-vous d'elle, Bassett ?

— Je ne sais pas. Je ne l'ai jamais su.

Il s'appuya contre le bureau en pressant ses mains sur son front. Ses paupières se soulevèrent lentement. Je pouvais sentir la douleur profonde qui transparaissait dans son regard.

— Vous l'aimez beaucoup, n'est-ce pas ?

— Énormément. Je me demande si vous pouvez

comprendre mes sentiments à l'égard de cette fille. C'est ce que vous pourriez qualifier d'affection paternelle. Il n'y a rien... rien de charnel là-dedans. Je connais Hester depuis son enfance, comme sa sœur. Son père était un de nos membres et un de mes amis les plus chers.

— Que lui est-il arrivé ?

— Il s'est saoulé à mort. Comme je suis en train de le faire avec quelques années de retard sur lui.

Souriant sardoniquement, il empoigna son verre et le vida.

— Sa femme était stupide, complètement dénuée du moindre sens pratique. Elle a habité Topanga Canyon après la mort de Raymond. J'ai fait ce que je pouvais pour les petites orphelines.

Il parlait avec quelque raideur et bafouillait un peu. Le whisky commençait à produire son effet. Son regard passa lourdement de moi à la bouteille. Je secouai la tête. Il se versa de nouveau une quadruple rasade qu'il se mit à siroter. Je lançai une question, un coup de sonde au hasard pour essayer de le harponner tandis qu'il flottait sur les eaux du Léthé :

— Hester a-t-elle essayé de vous avoir ? On m'a laissé entendre qu'elle vous avait volé avant de vous quitter.

— Me voler, moi ? Non-sens.

— Elle n'a pas fouillé dans votre coffre ?

— Seigneur Dieu, non ! Hester n'aurait jamais fait une chose pareille ! Et je ne possède rien qui vaille la peine d'être volé. Nous ne tenons pas de caisse au club, vous savez : tout notre travail se fait par chèques...

— Ces questions ne m'intéressent pas. Tout ce que je vous demande, c'est votre parole qu'Hester n'a pas forcé votre coffre en septembre.

— Bien sûr que non! Où avez-vous bien pu entendre une telle histoire? Les gens ont vraiment des langues empoisonnées.

Il se pencha vers moi en vacillant légèrement :

— Qui vous a dit ça?

— Pas d'importance.

— Ça en a, je vous l'assure. Vous devriez vérifier vos sources, mon vieux. C'est de l'assassinat moral. Quelle sorte de fille croyez-vous que soit Hester?

— C'est ce que j'essaie de découvrir. Vous la connaissez mieux que quiconque et vous dites qu'elle est incapable de vol. Est-elle capable de chantage?

— Vous posez des questions de plus en plus répugnantes!

— Plus tôt dans la journée, vous ne pensiez pas que le chantage soit si invraisemblable. Vous feriez mieux d'être franc avec moi. A-t-on tenté de faire chanter Simon Graff?

— Pourquoi s'en prendrait-on à Mr. Graff? fit-il en balançant solennellement la tête.

Je jetai un coup d'œil vers la photo des trois plongeurs :

— Gabrielle Torres. J'ai entendu parler de ses relations avec Graff.

— Quelle genre de relations?

— Ne faites pas l'idiot, Clarence. Vous ne l'êtes pas. Vous connaissiez la fille : elle a travaillé pour vous. S'il y avait eu quelque chose entre eux, vous l'auriez probablement su.

— Si cela était, s'obstina-t-il, ça ne m'est en tout cas jamais revenu aux oreilles.

Il médita un moment, se balançant d'un pied sur l'autre.

— Seigneur, vous ne voulez pas suggérer qu'il l'ait tuée?

— Il l'aurait pu. Mais c'est à Mrs. Graff que je pensais.

Bassett me jeta un coup d'œil abasourdi et furieux :

— Quelle idée parfaitement épouvantable ! Ch'est abcholument...

Il grimaça et recommença :

— ... c'est absolument absurde et ridicule...

— Pourquoi ? Isobel est assez folle pour tuer. Elle avait un motif.

— Elle n'est pas folle. Elle va seulement faire de temps en temps un séjour dans une clinique privée. Celle du Dr Frey, à Santa Monica.

— Quand y était-elle pour la dernière fois ?

— L'an dernier.

— A quel moment de l'an dernier ?

— Toute l'année. Auchi vous voyez...

Il agita la main devant sa figure comme si une mouche tenace voulait s'y poser.

— ... vous voyez, c'est tout à fait impochible. Isobel était enfermée au moment où la fille a été tuée. C'est abcholument impochible...

— Vous êtes absolument sûr de ce fait ?

— Certainement. J'allais la visiter régulièrement.

— Isobel est aussi une de vos vieilles amies ?

— Chertainement. Une vieille amie très chère.

— Assez ancienne et assez chère pour que vous mentiez pour elle ?

— Ne soyez pas chtupide. Isobel ne ferait pas de mal à une mouche.

Ses yeux s'obscurcissaient, comme sa voix, mais le verre ne tremblait pas dans sa main. Il le leva et le vida d'un trait, puis tomba assis plutôt brutalement sur le bord de son bureau. Il se balançait doucement de droite et de gauche, les deux mains agrippées à son verre comme à sa seule planche de salut. Il me jeta un regard sombre, triste :

— Pauvre Ichobel ! Je me rappelle, c'était il y a

vingt ans. Je n'ai pas toujours été un vieil homme ; et puis, de toute manière, Isobel aimait les hommes plus âgés qu'elle. Elle adorait son père, mais il ne lui a pas accordé la compréhension dont elle avait besoin. Elle venait de se faire flanquer à la porte du collège, pour la troisième ou quatrième fois. Elle était terriblement désorientée. Elle venait passer toutes ses journées ici, seule sur la plage. Petit à petit elle a découvert qu'elle pouvait me parler. Nous avons bavardé tout l'été et jusqu'à l'automne. Elle ne voulait pas retourner à l'école. Elle ne voulait plus me quitter. Elle était amoureuse de moi.

— Vous voulez rire.

Je le contredisais brutalement et délibérément, et il réagit avec la violence propre aux alcooliques. La couleur de la colère vint violacer sa peau, marquer la racine de ses cheveux de points rouges :

— C'est vrai : elle m'aimait. Moi aussi, j'ai eu une vie sentimentale et j'étais le seul qui la comprenne. J'avais vingt ans de plus qu'elle, mais je l'aimais. Elle et ma mère sont les deux seules femmes que j'aie jamais aimées. Et je l'aurais épousée si son père ne s'était mis sur mon chemin. Peter Heliopoulos ne me trouvait pas à son goût.

— Aussi l'a-t-il mariée à Simon Graff.

— A Simon Graff, ouais !

Il tremblait de la colère des hommes timides et faibles qui laissent rarement percer leurs sentiments.

— A un arriviste, un propre à rien, un marchand de soupe et un salaud. J'ai connu Simon Graff quand il n'était qu'un immigrant de rien du tout, qu'il n'était rien dans cette ville. Assistant metteur en scène dans des westerns en série. Je lui ai prêté de l'argent, je l'ai parrainé parmi les membres du club, présenté à des tas de gens. Et même à Heliopoulos, Dieu du ciel ! En moins de deux ans, il était producteur pour le compte d'*Helio* et marié à Isobel ! Tout ce qu'il possède, tout ce qu'il est devenu, est sorti de ce mariage. Et il n'a même pas la stricte décence de la traiter convenablement !

Il s'interrompit et fit un grand geste en avant qui le projeta d'un mur de la pièce à l'autre. Il laissa choir son verre et s'appuya des deux mains contre le mur pour se soutenir. Son front vint cogner sur le plâtre. Il s'affaissa et s'assit brusquement sur le tapis avec un hoquet.

— A propos de Graff, repris-je, pourquoi sert-il de prête-nom à cette canaille de Stern ?

— J'en chais rien du tout. Et j'vous l'dirais pas si je l'chavais. Donnez-moi à boire.

Il se mit à sangloter tout à coup, abondamment, et tout son visage fut trempé de larmes qui ruisselaient le long de son nez et de ses joues. Ce n'était pas joli à voir et je me préparai à partir.

— Ne me laissez pas, dit-il entre deux sanglots. Ne me laissez pas tout seul.

Il se releva, contourna son bureau, trébucha sur ses genoux comme s'il avait rencontré un invisible fil de fer et tomba de tout son long sur le plancher, aveugle, sourd et muet. Je lui tournai la tête de côté pour qu'il n'étouffât pas et sortis.

22

Il commençait à faire frais. Les rires et les autres bruits caractéristiques de ce genre de réception jaillissaient encore du bar, mais la musique avait cessé. Une voiture ouvrit la marche vers la grand-route, puis une autre. La partie touchait à sa fin.

Il y avait de la lumière dans le poste du maître nageur, au bout de la rangée des cabines. Je jetai un coup d'œil à l'intérieur. Le jeune Noir y était assis, plongé dans un livre. Il le referma en me voyant et se leva.

— Qu'est-ce que vous faites de Bassett quand il a dépassé la dose ? lui demandai-je.

— Il l'a encore dépassée ?

— Il est sur le plancher de son bureau. Est-ce qu'il a un lit sur place ?

— Oui, dans la pièce de derrière.

Il fit une grimace résignée.

— Je crois que je ferais mieux d'aller l'y mettre, hein ?

— Vous voulez un coup de main ?

— Non, merci, je peux m'en charger tout seul. J'ai l'habitude. Vous êtes un ami de Mr. Bassett ?

— Pas exactement.

— Il vous a donné du travail, alors ?

— C'est à peu près ça.

Il était trop poli pour me demander quelles étaient exactement mes attributions :

— Je vais fourrer Mr. Bassett au lit. Restez dans le coin, je reviens vous faire une tasse de café.

— Ça ferait bien mon affaire en effet. Je m'appelle Lew Archer, à propos.

— Joseph Tobias.

Il avait une poignée de main du genre de celles qui tordent les fers à cheval.

— Vous pouvez m'attendre ici si vous voulez.

Il s'éloigna d'un pas rapide. Dès que je m'assis, la fatigue me tomba dessus comme du penthotal. Presque immédiatement, je m'endormis.

Quand je m'éveillai, Tobias était debout à côté de moi. Il avait ouvert une sorte de compteur de métal noir dans le mur. Il poussa une série de boutons et la nuit, étincelante de lueurs électriques au-delà de la porte ouverte, se changea en une sombre grisaille. Il se retourna et vit que j'étais éveillé.

— Je ne voulais pas vous déranger. Vous avez l'air fatigué, dit-il. Vous voulez votre café tout de suite ?

— Montrez-moi le chemin, j'y cours.

Il me conduisit dans une pièce aux murs blancs brillamment éclairée dont la porte portait l'inscription SNACK-BAR. Derrière le comptoir, le café chauffait dans une cafetière automatique en verre. Une pendule électrique mangeait spasmodiquement sa ration de minutes : quatre heures moins le quart. Tobias versa le café dans des tasses et se tourna vers moi.

— Qu'est-ce que vous faites comme travail, monsieur Archer ?

— Je suis détective privé.

Il me lança un regard un peu désappointé :

— Est-ce que ce n'est pas une vie un peu brutale ? Moi, je suis étudiant.

— C'est une vie dure, répondis-je. On ne voit chez les gens que leur pire côté. Comment est Bassett, au fait ?

— Mort au monde : je l'ai fourré au lit. Il dort sans s'en faire ; ça ne me gêne pas de le coucher. Il me traite toujours très bien.

— Depuis combien de temps travaillez-vous ici ?

— Plus de trois ans. J'ai commencé dans le snack-bar, ici, et j'ai sauté sur la place de maître nageur l'été dernier.

— Vous connaissiez Gabrielle, alors ?

— Je la connaissais.

— A l'époque à laquelle elle a été assassinée ?

Son visage sembla se refermer; ses yeux brillants devinrent des trous sombres à l'éclat furtif et timide :

— Je ne vois pas de quoi vous voulez parler.

— Ça n'a rien à voir avec vous. Ne devenez pas fuyant avec moi, Joseph, simplement parce que je vous pose une ou deux questions.

— Je n'essaie pas de me défiler, fit-il, mais sa voix était morne et plate. J'ai toujours répondu à toutes les questions qu'on m'a posées.

— Que voulez-vous dire ?

— Vous le savez très bien, si vous êtes détective. Quand Gabrielle a été tuée, j'ai été le premier qu'ils ont arrêté. Ils m'ont emmené au commissariat et m'ont fait subir un interrogatoire tournant, toute la journée et la moitié de la nuit.

Sa tête tomba en avant comme sous le poids du souvenir.

— Pourquoi ont-ils jeté leur dévolu sur vous ?

— Sans autre raison que celle-ci.

Il leva les mains et les mit devant mes yeux. Elles étaient d'un noir d'ébène sous la lumière fluorescente.

— N'ont-ils pas questionné quelqu'un d'autre ?

— Si, bien sûr, quand je leur ai prouvé que j'étais resté chez moi toute la nuit. Ils ont ramassé quelques ivrognes et maniaques sexuels qui traînaient autour de Malibu, et aussi quelques vabagonds qui traversaient la région. Et ils ont posé des questions à Miss Campbell.

— Hester Campbell ?

— Oui. C'était chez elle que Gabrielle était censée passer la soirée.

— Où l'avait-elle passée, en réalité ?

— Comment pourrais-je le savoir ? Êtes-vous en train de rouvrir cette affaire de meurtre ? Est-ce pour cela que Mr. Bassett vous a engagé ?

— Pas exactement. J'ai commencé mon enquête à

propos d'autre chose, mais tout me mène à Gabrielle. Jusqu'à quel point la connaissiez-vous bien, Joseph ?

— Nous travaillions ensemble, répondit-il prudemment. Miss Torres était une très gentille jeune dame et c'était très agréable de travailler avec elle. J'ai été bouleversé en voyant ce qui lui arrivait.

— Vous avez vu ce qui lui est arrivé ?

— Non, bien sûr. Mais j'étais ici même, dans cette pièce, quand Tony est revenu de la plage. Quelqu'un l'avait tuée à coups de revolver et laissée sur place juste derrière le club. Tony habitait près de la plage, à quelques mètres de là. Il attendait le retour de Gabrielle aux environs de minuit. Comme elle ne rentrait pas, il a téléphoné chez les Campbell. On lui a dit qu'on ne l'avait pas vue. Alors il s'est mis à sa recherche. Il l'a trouvée au petit matin, avec deux balles dans le corps, entourée de vagues clapotantes. Ce jour-là, elle devait aider Mrs. Lamb et Tony est venu la prévenir.

Tobias passa la langue sur ses lèvres sèches. A travers moi, ses yeux semblaient contempler le passé.

— Il se tenait là, debout en face du comptoir. Pendant un long moment, il n'a pas pu prononcer un mot. Il ne pouvait ouvrir la bouche pour annoncer à Mrs. Lamb que Gabrielle était morte. Mais elle s'est bien rendu compte qu'il avait besoin de réconfort. Elle a fait le tour du comptoir et est venue passer ses bras autour de ses épaules, en le tenant comme s'il avait été un enfant. Alors il lui a dit, et Mrs. Lamb m'a envoyé chercher la police.

— Vous l'avez appelée vous-même ?

— J'allais le faire, mais Mr. Bassett était dans son bureau et c'est lui qui l'a appelée. Je suis allé au bout de la piscine et j'ai jeté un coup d'œil à travers la clôture. Elle était étendue sur le sable, le visage tourné vers le ciel. Tony l'avait tirée hors de l'écume. Je pouvais voir du sable dans ses yeux; j'avais envie de m'approcher et de le lui enlever, mais j'ai eu peur de m'approcher.

— Pourquoi?

— Elle n'avait pas de vêtements. Elle paraissait si blanche! J'ai eu peur qu'on me surprenne et qu'on se fasse des idées folles à mon sujet. Quand ils sont arrivés, ils les ont d'ailleurs bien eues, ces idées. Ils m'ont arrêté le matin même. Je m'y attendais à moitié : les gens aiment pouvoir accuser quelqu'un. Et puis, pour empirer les choses, j'avais cette boucle d'oreille à elle dans ma poche.

— Quelle boucle d'oreille?

— Une petite boucle d'oreille ronde, en nacre. En forme de bouée de sauvetage, avec un trou au milieu et U. S. S. Malibu écrit dessus. Le hic, c'est que la seconde... était encore à son oreille.

— Comment étiez-vous entré en possession de cette boucle?

— Je venais de la ramasser et j'allais la lui rendre. Je l'avais trouvée près de la piscine, ajouta-t-il au bout d'un instant.

— Ce matin-là?

— Oui. Avant d'apprendre qu'elle était morte. Ce Marfeld et les autres filles en ont fait tout un plat. Je crois qu'ils étaient persuadés que l'affaire était dans le sac jusqu'à ce que je puisse prouver mon alibi.

Il fit un bruit qui tenait à la fois du reniflement et du grognement.

— Comme si j'avais pu lever la main sur Gabrielle pour lui faire du mal!

— Étiez-vous amoureux d'elle, Joseph?

Il posa ses coudes sur le comptoir et son menton dans ses mains, comme pour calmer ses pensées.

— J'aurais pu, admit-il, si j'avais eu une chance avec elle. Seulement, elle n'était pas métisse. Seulement mi-espagnole mi-américaine. Et jamais elle ne m'a considéré vraiment comme un être humain.

— Ce pourrait être un motif de meurtre.

Il secoua tristement la tête :

— Je ne lui aurais pas arraché un cheveu, et vous le savez bien. C'était une amie pour moi.

— Je vous demande pardon, Joseph. Il faut que je pose certaines questions.

— Pourquoi ? Qu'est-ce qui vous y force ? Vous devriez faire attention à ce que vous dites au sujet de cette histoire. Savez-vous ce que ferait Tony Torres s'il pensait que j'ai tué sa fille ?

— Il vous descendrait.

— C'est bien ça. Il a menacé de me tuer quand la police m'a relâché. J'ai fait tout ce que j'ai pu pour lui ôter cette idée de la tête. Mais elle le tourmente toujours, et depuis il emmagasine des stocks de violence.

— Tout le monde aurait fait la même chose.

— Je le sais bien, monsieur Archer. Mais Tony a tué un homme à coups de poing, une fois, quand il était jeune. Et ce n'était pas un accident. C'était à cause d'une femme et il a agi avec préméditation. Un soir, après s'être saoulé, il m'a tout raconté. La femme était la mère de Gabrielle, vous voyez. Il a tué l'homme avec qui elle allait s'enfuir, et elle l'a quitté. L'autre homme portait un poignard, aussi le juge de Fresno a classé l'affaire : légitime défense, mais Tony se considère comme seul responsable. Il disait que ce qui était arrivé à sa fille était le châtiment de Dieu pour ses fautes à lui. Tony est très superstitieux.

— Vous connaissez son neveu Lance ?

Le ton de Joseph changea, livrant ses sentiments ; ils n'avaient rien de favorable :

— Oui. Quand j'ai commencé au snack-bar, il avait mon emploi actuel. J'ai entendu dire qu'il mène grand train maintenant ; c'est difficile à croire. Il était si flemmard qu'il n'a pas pu tenir l'emploi de maître nageur que lui avait dégotté son oncle. Tony faisait son travail de nettoyage pendant que Lance s'exerçait aux plongeons de fantaisie.

— Qu'est-ce que Tony ressent pour lui, maintenant ?

Joseph gratta ses cheveux crépus :

— Il a fini par comprendre. Je dirais qu'il le hait presque.

— Assez pour le tuer ?

— Qu'est-ce que c'est que toutes ces histoires de meurtres, monsieur Archer ? Quelqu'un a-t-il été tué ?

— Je vais vous le dire, si vous pouvez garder le secret.

— Je sais garder un secret.

— Très bien : votre ami Lance a été tué cette nuit.

Il ne leva pas les yeux de son comptoir.

— Ce n'était pas mon ami. Il n'était rien dans ma vie.

— Il était quelque chose dans celle de Tony.

Il secoua lentement la tête de droite à gauche :

— Je n'aurais pas dû vous dire tout ça au sujet de Tony. Il a mal agi, une fois, quand il était jeune et pas raisonnable. Il ne recommencerait sûrement pas maintenant. Il ne ferait pas de mal à une mouche, à moins qu'elle ne le pique.

— Vous n'avez pas dit ça d'abord, Joseph. Vous prétendiez qu'il haïssait Lance.

— J'ai précisé : presque... Il a de bonnes raisons.

— Racontez-moi.

— Pas si vous vous en servez contre Tony. Ce Lance n'est pas digne de lui nouer ses cordons de chaussures.

— Vous avez dit que Tony avait de bonnes raisons. Lesquelles ?

— Gabrielle. Lance est le premier avec lequel elle se soit mise à courir, quand elle n'était encore qu'une gosse à l'école. Il l'a fait boire, il lui a appris tous les vices. Si Tony a tué ce propre à rien, il a rendu service à l'humanité.

— Peut-être, mais pas à lui-même. Vous affirmez que c'est Gabrielle qui vous a raconté tout ça ? Vous étiez intime avec elle ?

— Elle me traitait comme si j'avais été incapable de sentiments humains. Elle avait l'habitude de me torturer avec ses histoires... le détail des choses qu'il lui avait apprises. Il voulait qu'elle aille à Los Angeles avec lui, vivre dans un hôtel, et il lui procurerait des rendez-vous avec des hommes. Ce jour-là, j'ai éclaté et suis allé prévenir Tony. C'est à ce moment qu'il a rompu avec Lance, l'a fait flanquer à la porte d'ici et l'a renvoyé chez lui à coups de pied.

— Et Gabrielle est partie avec lui ?

— Non. J'avais pensé qu'une fois loin de Lance, elle reprendrait peut-être la bonne voie. Mais c'était déjà trop tard. Elle était trop bien partie.

— Que lui est-il arrivé après ça ?

— Écoutez, monsieur Archer, dit-il d'une voix tendue, vous pouvez me causer les pires ennuis. Médire des membres du club ne fait pas partie de mon boulot. Je peux trouver un autre métier. Mais je parle de véritables ennuis.

— Désolé. Je ne voulais pas vous faire peur. Je pensais que vous vouliez me rendre service.

23

Il leva les yeux vers la lumière. Son visage doux ne révélait aucune fatigue morale mais je pouvais sentir la tension de ses nerfs.

— Gabrielle est morte, reprit-il. Quel service puis-je lui rendre en parlant d'elle ? J'ai essayé d'informer la police quand ils m'ont posé ces questions au sujet de la boucle d'oreille. Mais apparemment ça ne les intéressait pas.

— Qu'est-ce qui ne les intéressait pas ?

— S'il faut vous le dire, je le ferai. Gabrielle avait l'habitude de se rendre dans une des cabines, pratiquement chaque jour, et d'y passer une heure ou plus.

— Toute seule ?

— Vous savez très bien que non.

— Qui était avec elle, Joseph ?

Mais j'étais à peu près sûr de sa réponse.

— Mr. Graff. Vous ne comprenez pas, pour Gabrielle ? Elle était jeune et sotte, fière qu'un homme comme Mr. Graff lui porte de l'intérêt. A côté de ça, elle avait besoin que je l'aide pour prendre les commandes dans les autres cabines pendant qu'elle était... occupée ailleurs. Elle n'éprouvait pas de honte devant moi, ajouta-t-il amèrement. Elle aurait eu honte seulement vis-à-vis de Mrs. Lamb.

— Se rencontraient-ils jamais la nuit ? Graff et Gabrielle ?

— Peut-être que oui. Je ne sais pas. Je ne travaillais jamais de nuit à cette époque.

— Elle était au club la nuit où elle a été tuée. Nous le savons.

— Comment le saurions-nous ? Tony l'a trouvée sur la plage.

— La boucle d'oreille nous le prouve. Où l'avez-vous trouvée ?

— Sur la galerie, en face des cabines. Mais elle aurait pu la perdre à un autre moment.

— Non, pas si elle portait l'autre. Vous êtes sûr que ce détail est exact, ou bien vous l'a-t-on seulement raconté ?

— J'en suis sûr. Quand ils ont commencé à me questionner, ils m'ont emmené la voir. J'ai vu la petite boucle blanche à son oreille.

Les larmes lui montèrent aux yeux : le souvenir venait de le transpercer comme un coup de poignard.

— Alors elle devait se trouver à l'intérieur du club peu avant d'être tuée, conclus-je. Quand une jeune fille perd une boucle d'oreille, elle ne continue pas à porter l'autre. Cela prouve que Gabrielle n'a pas eu le temps de s'apercevoir qu'elle l'avait perdue. Il est possible qu'elle soit tombée au moment même où elle a été tuée. Je veux que vous me montriez l'endroit exact où vous l'avez trouvée, Joseph.

Dehors, les premières lueurs de l'aube montaient à l'est. Sous la brise matinale, la piscine était grise et calme comme un morceau pris à la mer. Tobias me précéda dans la galerie ; nous dépassâmes les portes d'une demi-douzaine de cabines, y compris celle de Graff. Joseph s'arrêta et me montra une petite grille circulaire masquant une gouttière qui faisait le tour du bassin, enfoncée dans le ciment.

— C'était juste là, pris dans cette petite rainure. Quelqu'un avait lessivé la galerie et l'eau avait entraîné la boucle d'oreille dans la gouttière. Je l'ai vue briller en arrivant.

— Comment savez-vous que quelqu'un avait lessivé la galerie ?

— Il y avait encore des plaques d'humidité.

— Qui l'avait fait, le savez-vous ?

— N'importe qui travaillant près de la piscine. Ou même un des membres. On ne sait jamais ce dont un membre peut être capable.

— Qui s'occupait de la piscine à cette époque ?

— Moi et Gabrielle, la plupart du temps ; et Tony et le maître nageur... non, à ce moment il n'y avait pas de maître nageur. Miss Campbell en remplissait l'office.

— Était-elle de service ce matin-là ?

— Je le crois... oui, je m'en souviens. Qu'essayez-vous de trouver, monsieur Archer ?

— Qui a tué Gabrielle et pourquoi, où et comment. Je crois qu'elle a été assassinée à l'intérieur du club, peut-être à cette place même. Le meurtrier l'a tirée jusqu'à la plage, ou bien elle s'y est traînée toute seule. On a pu laver les traces de sang, mais elle a laissé tomber une boucle d'oreille qui n'a pas été lessivée avec le reste.

— Vous croyez que Miss Campbell a fait tout ça ?

— Donnez-moi votre avis. Aurait-elle eu quelque raison, quelque motif ?

— Ça se pourrait, dit-il en se léchant les lèvres. Elle faisait du plat à Mr. Graff, seulement il ne s'intéressait pas à elle.

— C'est Gabrielle qui vous a dit ça ?

— Elle m'a confié que Miss Campbell était jalouse d'elle mais je m'en étais bien rendu compte moi-même. Et puis, juste après que ce fut arrivé, juste après l'enquête, Miss Campbell a filé pour une destination inconnue.

— Mais elle est revenue.

— Un an plus tard, après que tout se fut calmé. Elle était toujours très intéressée par l'affaire et n'a pas arrêté de me poser des questions l'été dernier. Elle m'a raconté qu'elle et sa sœur Rina voulaient écrire l'histoire pour un magazine, mais je ne crois pas que c'était vraiment leur but.

— Lui avez-vous parlé de la boucle d'oreille ?

— Peut-être que oui. Je ne me rappelle pas. Qu'est-ce que ça peut faire ?

Il se détacha du mur, marcha jusqu'au bout de la galerie et regarda le ciel qui blanchissait.

— Je vais rentrer chez moi dormir un peu, monsieur Archer. Vous avez remis au jour un tas de choses que je souhaitais oublier. En fait, vous m'avez fait passer un mauvais moment.

— Je vous en demande pardon. Moi aussi, je suis fatigué. Et ce sera encore pire si j'arrive à résoudre cette histoire de meurtre.

— Vous croyez ? Dites, que ferez-vous si ça arrive ?

Son visage était crispé dans la lumière grise et sa voix semblait imprégnée d'amertume.

— Il se passera la même chose qu'auparavant ; les flics prendront votre histoire en main et rien n'arrivera, personne ne sera arrêté.

— C'est ce qui s'est déjà passé ?

— Oui, exactement. Marfeld a vu qu'il ne pouvait pas me coincer et a soudain perdu tout intérêt à l'affaire.

— Je remonterai plus haut que Marfeld s'il le faut.

— Et alors ? Il est trop tard pour Gabrielle, trop tard pour moi. Pour moi, tout arrive toujours trop tard.

Il pivota sur ses talons et s'éloigna.

24

J'aurais dû mieux encaisser. Je marchai vers le bout de la piscine, dernier convive de la réception, avec ce sentiment de montée de sève du petit matin quand le sang coule plus fort et plus frais. Le brouillard commençait à se dégager au-dessus de la mer. Il fumait et coulait sa bruine vers l'ouest encore sombre. L'océan perçait entre les écharpes de brume comme des plaques de marbre noir.

J'avais dû le voir et comprendre ce que c'était avant même d'en avoir pris conscience : un tronc sombre avec une sorte de grosse racine à un bout, qui flottait entre deux eaux près de la plage. Le flux le balançait doucement et les vagues le faisaient frémir sans arrêt. Pour un tronc, il avait des branches bien flexibles. Une vague vint le loger dans un trou de sable humide. C'était un homme en imperméable sombre, serré à la taille, face contre terre.

La grille de la clôture était verrouillée. Je pris un poteau DÉFENSE D'ENTRER avec une lourde base de ciment et le balançai dans la serrure qui céda d'un seul coup. Je descendis les marches de ciment et remis Carl Stern sur le dos. Son front était profondément défoncé. La blessure de sa gorge bâillait comme une seconde bouche au cri silencieux.

Je retournai à ma voiture, tout en me remémorant, d'après de vieux souvenirs, qu'un courant nord-sud passait le long de cette plage et qu'il faisait environ deux kilomètres à l'heure. Et, juste à trois ou quatre kilomètres au nord du *Channel Club,* il y avait un point de vue aménagé pour les curieux, sur le bord de la route, avec une allée dallée qui aboutissait à une palissade surplombant la mer. La conduite intérieure de Stern était parquée tout contre la clôture. Du sang tachait le tableau de bord et le siège avant. Du sang séchait sur la lame du couteau tombé par terre sur le tapis. Ça avait bien l'air d'être celui de Stern.

Je ne touchai à rien. Je ne voulais pas participer à l'affaire de la mort de Stern. Je conduisis jusque chez moi comme un automate et allai me coucher.

Ma secrétaire me réveilla à sept heures trente :

— Levez-vous et brillez de tous vos rayons, monsieur Archer !

— Faut-il vraiment que je rayonne ? Je me sens plutôt sombre. Il n'y a guère qu'une heure que je suis au lit. Bonsoir.

— Attendez donc, ne raccrochez pas ! cria-t-elle. Il y a eu deux coups de fil, appels longue distance, tous deux de Las Vegas. Le premier à une heure quarante, une jeune dame qui semblait très désireuse de vous parler, mais qui n'a pas voulu laisser son nom. Elle a dit qu'elle rappellerait, mais ne l'a pas encore fait. Vous m'avez bien entendue ? Le second à trois heures quinze, du Dr Anthony Reeves, interne au *Memorial Hospital.* Il appelait de la part d'un malade nommé George Wall, ramassé à l'aéroport avec des blessures à la tête.

— L'aéroport de Vegas ?

— Oui. Ça vous dit quelque chose ?

Certes, une crise de remords ; puis je réalisai qu'il allait me falloir sortir du lit et me traîner jusqu'à l'aéroport afin de prendre le premier avion en partance.

— Encore un coup de fil, hier après-midi. Mercero, de la police ; il a dit que la Jag était enregistrée au nom de Lance Leonard. Est-ce l'acteur qui s'est fait descendre hier soir ?

— C'est dans le journal de ce matin ?

— Probablement. Moi, je l'ai entendu à la radio.

— Non. Ce n'est pas le même. Comment disiez-vous qu'il s'appelait ?

— J'ai oublié.

C'était vraiment un bijou de femme.

Peu avant dix heures, j'étais en train de parler avec le Dr Reeves dans son bureau à l'hôpital. Il était de garde aux urgences la nuit précédente et avait fait subir un examen préliminaire à George quand les hommes du shérif le lui avaient amené. Ils l'avaient trouvé errant aux alentours de l'aérodrome *Mac Carran,* complètement groggy : une pommette fracturée, probablement des chocs au cerveau et peut-être aussi une vertèbre fêlée. George était condamné au calme le plus complet pendant au moins une semaine et serait probablement un mois avant de se remettre complètement. Il ne devait voir personne.

Ce n'était pas la peine de discuter avec le jeune Dr Reeves, rien ne pourrait l'amadouer. Je partis à la recherche d'une infirmière compréhensive et tombai par hasard sur une petite rousse qui se laissa impressionner par un vieil insigne de policier auxiliaire qui traînait au fond de ma poche. Sur la foi de ce dernier, elle me conduisit à une chambre isolée dont la porte était décorée d'un panneau : PAS DE VISITES. George en était le seul occupant et il dormait. Je promis de ne pas l'éveiller.

Les stores soigneusement baissés ne laissaient filtrer aucune lumière dans la chambre, si obscure que je pouvais à peine distinguer la tête emmaillotée de bandages blancs contre l'oreiller. Je m'assis dans un fauteuil et prêtai l'oreille à son souffle rassurant, lent et calme. Au bout d'un moment, je m'assoupis moi-même.

Je fus réveillé en sursaut par un cri de douleur. Je crus d'abord que c'était George, mais un homme, de l'autre côté de la cloison, poussa de nouveau un cri strident.

George s'étira, grogna et s'assit en levant les deux mains vers son visage. Il vacilla et faillit tomber de son lit. Je le retins par les épaules.

— Du calme, mon gars.

— Laissez-moi partir. Qui êtes-vous ?

— Archer, dis-je. L'Armée du Salut, autrement dit.

— Qu'est-ce qui m'est arrivé ? Pourquoi ne puis-je voir clair ?

— Vous avez tiré votre pansement sur vos yeux. Et, en plus, il fait noir, ici.

— Où donc, ici ? En prison ? Je suis en prison ?

— Vous êtes à l'hôpital. Vous ne vous souvenez pas que vous avez demandé au Dr Reeves de me téléphoner ?

— Non. Je ne me rappelle rien ; sinon avoir pris un avion. Qu'est-il arrivé ?

Je le lui racontai, lui parlant de ses combats, d'abord avec Lance Leonard, ensuite au studio Graff, pour tâcher de réveiller ses souvenirs, puis je demandai :

— Avez-vous pris un avion de ligne ou un particulier ?

Après un long silence, il répondit :

— Ce devait être un particulier. Nous étions juste deux dedans, moi et un autre type, celui qui m'a couru après avec un revolver, je crois. Il m'a dit qu'Hester était en danger et m'appelait au secours. Et puis j'ai tourné de l'œil, ou quelque chose comme ça. Après, je me suis retrouvé dans une rue, avec des tas de lumières qui dansaient devant mes yeux. Je suis allé à cet hôtel où elle était soi-disant descendue, mais elle était partie et l'employé de la réception n'a pas voulu me dire où.

— Quel hôtel ?

— Je ne sais pas très bien. L'enseigne était en forme de verre de vin ou de Martini. Le *Dry Martini* ? C'est un nom plausible ?

— Il y a un hôtel de ce nom en ville. Quand y avez-vous été ?

— Dans le courant de la nuit. J'ai perdu toute notion du temps. J'ai dû passer le reste de la nuit à la chercher. C'était affreux, avec toutes ces lumières et ces gens qui me regardaient. Ils croyaient que j'avais bu. Même le flic croyait que j'avais bu.

— Oubliez tout ça, George, c'est fini maintenant.

— Je ne veux pas l'oublier. Hester est en danger. N'est-ce pas exact ?

— Peut-être, je ne sais pas. Oubliez-la, elle aussi. Pourquoi pas ? Tombez amoureux d'une infirmière ou de quelqu'un d'autre. Vous avez causé assez d'ennuis comme ça !

— Si vous ne voulez pas m'aider, je me lève et je sors d'ici tout de suite, gronda-t-il.

— Vous n'iriez pas loin.

En guise de réponse, il rejeta les couvertures, balança ses jambes par-dessus le bord du lit, posa ses pieds nus sur le plancher et essaya de marcher. Alors il tomba en avant sur les genoux, la tête piquée vers le sol, comme un gibier frappé à mort. Je le hissai de nouveau sur son lit. Il reposait, inerte, le souffle court et haletant.

J'appuyai sur le bouton d'appel de l'infirmière et pris moi-même le chemin de la sortie.

25

Le *Dry Martini* était un petit hôtel situé à la limite de l'ancienne zone des tripots. Deux vieilles dames jouaient à la canasta dans le petit salon d'attente.

L'employé de la réception, un homme grassouillet en gilet rayé, me demanda aussitôt :

— Que puis-je pour votre service, monsieur ?

— J'ai un rendez-vous avec Miss Campbell.

— J'ai bien peur qu'elle ne soit pas encore rentrée.

— A quelle heure est-elle sortie ?

Il joignit les mains sur sa brioche et se mit à se tourner les pouces :

— Voyons, j'ai pris mon service à minuit ; elle s'est inscrite environ une heure plus tard, elle est restée ici le temps de changer de robe, et hop, elle est repartie. Devait pas être plus d'une heure.

— Vous êtes observateur.

— Une mignonnette comme ça, ça s'observe !

— Il y avait quelqu'un avec elle ?

— Que non ! Elle est arrivée et repartie seule. Vous êtes un de ses amis ?

— Oui.

— Connaissez-vous son mari ? Un grand gars avec des cheveux rouges ?

— Je le connais.

— Que lui est-il arrivé ? Il s'est amené au milieu de la nuit avec l'air d'avoir essuyé la colère divine. Des bleus comme ça sur la figure, du sang dans les cheveux et bafouillant comme un cinglé. Il avait comme une idée dans la tête que sa femme avait des ennuis et que j'y étais pour quelque chose. Il braillait que je savais où elle était. J'ai eu un mal de chien à le fiche à la porte. C'est bien son mari, au moins ?

— C'est son mari. Pour le moment, il est à l'hôpital et j'essaie de la lui retrouver.

— Privé ?

J'acquiesçai d'un signe de tête :

— Vous n'avez pas la moindre idée d'où elle a pu aller ?

— Je peux essayer de trouver, si c'est important.

Il m'examina, estimant la valeur de mes vêtements et le contenu de mon portefeuille.

— Mais ça va peut-être me coûter quelque chose.

— Combien ?

— Vingt ?

C'était une question.

— Hé ! je ne vous achète pas en toute propriété.

— D'accord, dix, rectifia-t-il rapidement. Ça vaut toujours mieux que de recevoir un ramponneau dans l'œil.

Il prit le billet et se retira dans une pièce où je l'entendis demander au téléphone un dénommé Rudy. Il revint avec un air satisfait :

— Je lui ai appelé un taxi cette nuit. Je viens de joindre le bureau, ils envoient le chauffeur qui a répondu à l'appel.

— Et combien ça va-t-il me coûter ?

— C'est une affaire entre vous et lui.

J'attendis derrière la porte vitrée, observant la circulation. Les voitures venaient de tous les Etats de l'Union, mais la plupart des plaques portaient des numéros de Californie du Sud. Cette putain de ville était bien le faubourg mal famé de Los Angeles.

Un vieux taxi jaune se détacha du flot et vint se ranger au bord du trottoir. Le chauffeur en sortit et s'avança ; j'allai à sa rencontre.

— C'est vous le monsieur qui s'intéresse à la blondinette ?

— C'est bien moi.

— En principe, nous n'avons pas de renseignements à donner sur nos clients. A moins que vous ne soyez un officiel...

— Une licence de détective, ça vous semble assez officiel ?

Il se mit au garde-à-vous et parodia le salut militaire :

— Que voulez-vous savoir au juste ?

— A quelle heure l'avez-vous prise en charge ?

— Une heure quinze. J'ai vérifié sur mon ticket.

— Et où l'avez-vous déposée ?

Il me fit un sourire de toutes ses dents jaunes et repoussa sa casquette en arrière :

— Ne me bousculez pas, m'n'adjudant. Voyons d'abord la couleur de votre argent.

Je payai.

— Je l'ai laissée dans la rue, dit-il. Je n'aime pas faire ça à ces heures de la nuit, mais elle avait l'air de savoir ce qu'elle voulait.

— Où était-ce ?

— Un peu au-delà du Strip. Je peux vous montrer si vous voulez. C'est une course de deux dollars.

Il ouvrit la porte arrière de sa patache et je montai. D'après sa plaque d'identité, son nom était Charles Meyer.

Nous dépassâmes plusieurs immeubles en construction portant déjà les enseignes d'annexes d'hôtels et de tripots. L'un d'entre eux était la *Casbah* de Simon Graff. L'armature jaillissait de l'asphalte comme un échafaudage auquel accrocher ses cauchemars.

Le Strip Boulevard se terminait par une longue suite de motels de moins en moins luxueux. Charles Meyer s'arrêta en face de l'un d'entre eux : le *Fiesta Motor Court*.

— C'est là que je l'ai posée, dit-il.

— Est-ce que quelqu'un l'attendait ?

— Pas que je sache. Elle était toujours toute seule, au milieu de la rue, quand je me suis éloigné.

— Comment était-elle habillée ?

— Une robe rouge, un manteau sombre, pas de chapeau. Une chose : elle avait des talons très hauts. J'y ai pensé sur le moment, je m'suis dit qu'elle irait pas loin avec ça.

— Bon. Attendez-moi dans le coin quelques minutes.

— D'accord, mais je laisse tourner le compteur.

Le propriétaire du *Fiesta Motor Court* était assis sous un parasol dans le petit patio adjacent à son bureau. Non, il n'avait pas vu la jeune dame en robe rouge ni personne après onze heures et demie, ayant sorti son écriteau *complet* à onze heures vingt-cinq et étant allé immédiatement après se coucher.

La *Colonial Inn*, à la porte à côté, avait un petit bureau ordonné occupé par un petit homme extrêmement soigné. Lui non plus n'avait rien vu.

Je continuai à descendre le fleuve de néon éteint de Flamingo Road et tentai ma chance au *X Bar*, au *Tourist Ranch*, au *Traveller's Welcome* et à l'*Oasis*. Je ne recueillis que des réponses négatives. Charles Meyer me convoyait dans son taxi, avec un tas de grimaces et de hochements de tête.

Le *Rancho Eldorado* se présentait comme une rangée de cabanes à lapins aux tons pastel, festonnée de tubes au néon. Il n'y avait personne dans le bureau. Je sonnai : une femme ouvrit la porte et me regarda derrière son long nez piqué de points noirs. Elle avait de petits yeux sombres et des cheveux roulés sur des bigoudis. C'était pratiquement une insulte que de lui infliger la description d'une belle blonde en robe rouge.

— Ouais, dit-elle, je l'ai vue.

Ses yeux noirs brillaient de méchanceté.

— Elle est restée au coin de la rue pendant dix ou douze minutes hier soir. Je ne me pose pas en juge de l'humanité, mais ça m'a rendue malade de la voir se pavaner, essayant délibérément de se faire cueillir !

Mais ça n'a pas marché. Aussi j'ai fini par sortir et lui crier d'aller voir ailleurs. J'ai été d'une amabilité parfaite. Je lui ai simplement dit avec douceur d'aller traîner savate dans un autre coin. C'est une amie à vous, je suppose ?

— Non. Je suis détective.

Son visage s'éclaira :

— Je vois. Eh bien, je l'ai vue entrer au *Dewdrop Inn* ; c'est le second motel à partir d'ici. Il serait temps que quelqu'un lessive cet antre d'iniquité. Est-ce que vous la recherchez pour crime ?

— Beauté fatale au troisième degré.

Elle mâcha cette réponse comme un chameau qui rumine et finit par me claquer la porte au nez.

Au *Dewdrop Inn,* la porte du bureau me fut ouverte par une femme qui portait un peignoir de bain douteux serré autour du buste. Elle avait des cheveux roux frisés. Sa peau semblait brûlée de soleil, sauf là où son corsage négligemment attaché laissait apercevoir du blanc autour du V de l'encolure. Elle surprit et me retourna mon regard plongeant, mais laissa et le V et la porte bâiller largement.

— Entrez, dit-elle, je ne vous mordrai pas.

Je fis un pas à l'intérieur du bureau. Elle se tenait toujours dans l'embrasure de la porte si bien que je dus la frôler au passage, des épaules aux genoux. Elle n'eut pas l'air de l'avoir fait exprès, ce n'était que par habitude. La pièce était sale et en désordre, deux verres souillés de rouge à lèvres traînaient sur la table et des magazines sentimentaux jonchaient le sol.

— Grande soirée hier soir ? demandai-je.

— Sûr. Bu des cocktails jusqu'à quatre heures, réveil à six et pas moyen de me rendormir. Mais ne battons pas la campagne : vous voulez la mignonne en robe rouge ?

— Vous êtes drôlement rapide à comprendre.

— Ouais. Eh bien, elle n'est pas là. Je ne sais pas où elle est. Vous êtes gangster ou quoi ?

— Drôle de question.

— Ouais, sûr, marrante. Vous avez un revolver dans la poche et vous n'êtes pourtant pas Davy Crockett.

— Vous piétinez mes illusions.

Elle me jeta un regard dur et méchant. Ses yeux semblaient des spécimens du genre minéral, comme de la malachite.

— Allez-y maintenant; qu'est-ce que vous avez derrière la tête ? La gosse m'a dit qu'elle avait des gangsters à ses trousses. Vous l'êtes, oui ou non ?

— Je suis détective privé. Son mari m'a engagé pour la rechercher.

Je réalisai brusquement que j'en étais revenu à mon point de départ, vingt-huit heures plus tôt et dans un autre État. Ça me paraissait plus loin que vingt-huit jours. La femme disait :

— Si vous la lui retrouvez, qu'est-ce qu'il entend lui faire ? La battre ?

— Veiller sur elle. Elle a besoin de lui.

— Ça se pourrait. Qu'est-ce que c'est que cet affolement à propos de gangsters ? Est-ce qu'elle m'a raconté des craques ?

— Je ne crois pas. A-t-elle mentionné des noms ?

Elle hocha la tête :

— Un, Carl Stern.

— Vous le connaissez ?

— Ouais. Le *Sun* a donné sa biographie et lui a consacré un article en première page quand il a demandé une licence de jeux. C'est pas *lui,* son mari ?

— Son mari est un brave garçon de Toronto. George Wall. Quelques amis de Stern l'ont envoyé à l'hôpital. Je veux récupérer sa femme avant qu'ils lui fassent subir le même sort.

— Sans blague ?

— Je veux !

— Montrez votre licence, dit-elle en me jetant de nouveau son regard minéral.

Je sortis ma carte et elle l'examina soigneusement :

— Vous vous appelez Archer ?

— Oui.

— C'est une coïncidence bizarre ou quoi ? Elle a essayé de vous téléphoner la nuit dernière, pour vous parler personnellement. Elle est venue frapper à ma porte vers les deux heures, toute blanche et tremblante, et m'a demandé la permission de se servir de mon téléphone. Je lui ai demandé ce qui n'allait pas. Elle s'est écroulée et m'a dit qu'elle avait des canailles à ses trousses, ou qu'elles y seraient bientôt. Elle voulait appeler l'aéroport et prendre le premier avion pour filer d'ici. J'ai appelé pour elle, mais il n'y avait pas d'avion avant ce matin. C'est à ce moment qu'elle a essayé de vous joindre. Êtes-vous vraiment un ami de Rina Campbell ?

— Qui ? dis-je.

— Rina Campbell. La fille dont on est en train de parler.

Je ne repris pas très rapidement contenance.

— Je pense que oui. Est-elle encore ici ?

— Je lui ai donné un cachet de Nembutal et l'ai fourrée au lit moi-même. Je n'ai toujours pas entendu le moindre bruit de son côté. Elle dort probablement encore, pauvre chatte !

— Je veux la voir.

— Ouais, vous en avez bien l'air. Seulement, on est en pays libre, et si elle ne veut pas vous voir, pas moyen de moyenner.

— Je n'ai pas l'intention de lui faire de mal.

— Vous ferez bien, frérot. Essayez seulement de faire quelque chose à la gosse et je vous descends personnellement.

— Vous l'aimez bien, apparemment...

— Pourquoi pas ? C'est une vraie bonne gosse, bonne comme le bon pain. Je me moque de ce qu'elle a pu faire.

— Comment m'avez-vous dit que vous vous appeliez ?

— Je ne l'ai pas dit. Je m'appelle Carol, Mrs. Carol Busch.

Elle me tendit une main rouge et gercée.

— Mais rappelez-vous bien : si elle change d'avis et ne veut plus vous voir, vous n'aurez qu'à prendre vos cliques et vos claques.

Elle ouvrit une porte intérieure et la referma derrière elle. J'allai dehors pour surveiller les issues. Charles Meyer attendait à son volant.

— Ohé, toujours pas de chance ?

— Non. J'abandonne. Combien je vous dois ?

Il se pencha pour regarder le compteur :

— Trois dollars soixante-quinze ; vous voulez que je vous ramène en ville ? Je vous fais la course à moitié prix.

— J'irai à pied. J'ai besoin d'exercice.

Il avait un regard triste de chien battu. Il savait que je mentais et en connaissait la raison : je n'avais pas confiance en lui. Mrs. Carol Busch m'appelait à la porte de l'habitation adjacente à son bureau :

— D'accord, elle est levée, elle veut vous parler.

26

Mrs. Busch resta dehors et me laissa entrer seul. La pièce était obscure et fraîche. Les volets pleins et les lourds rideaux la protégeaient de l'ardeur du soleil. Une lampe de chevet tamisée était la seule source de lumière. La fille était assise sur le bord du lit défait, tournant le dos à l'abat-jour.

J'en vis la raison quand elle oublia de garder sa pose et leva les yeux vers moi. Le Nembutal et les larmes avaient rougi ses paupières. Ses cheveux brillants étaient en broussaille. Elle portait sa robe rouge comme un sac et semblait avoir perdu son assurance de la veille et cette sorte de certitude que sa beauté la protégeait.

— Hello, Rina, dis-je.

— Vous savez donc qui je suis, répondit-elle tristement.

— Oui, maintenant. J'aurais dû deviner que seule une sœur pouvait agir ainsi. Où est votre sœur, Rina?

— Hester est en danger. Elle a dû quitter la région.

— Vous êtes sûre de ça?

— Je ne suis plus sûre de rien depuis que j'ai découvert que Lance était mort.

— Comment l'avez-vous su? Vous ne m'avez pas cru quand je vous l'ai dit, hier soir.

— Maintenant il faut bien que je vous croie. J'ai ramassé un journal de Los Angeles à l'hôtel et il y avait un titre à son sujet... au sujet de son assassinat.

Ses paupières se levèrent lentement; ses yeux bleu sombre avaient subtilement changé en treize heures : ils en avaient vu plus qu'ils ne le désiraient.

— Est-ce... est-ce ma sœur Hester qui l'a tué?

— Elle aurait pu, mais j'en doute. De quel côté

vous a-t-on dit qu'elle était partie ? Mexique, Canada ou Hawaii ?

— Ils ne m'ont rien dit. Carl Stern a simplement déclaré qu'il valait mieux que je ne le sache pas.

— Qu'étiez-vous supposée faire ici ? Fournir un alibi ?

— Je crois que oui. C'était leur idée.

Elle leva de nouveau les yeux :

— Je vous en prie, ne me bousculez pas. J'ai passé une nuit si épouvantable ! Êtes-vous un brave homme ?

— J'aime à le croire.

Mais sa candeur arrêta mon ton sarcastique.

— Non, je ne suis pas un brave homme. J'essaie de l'être mais je deviens de plus en plus dur chaque année.

Elle eut une ébauche de sourire, mais les coins de sa bouche ne voulaient pas se relever.

— Vous parlez gentiment. Pourquoi êtes-vous venu dans la maison de ma sœur, hier soir ? Comment êtes-vous entré ?

— J'ai forcé une serrure.

— Pourquoi ? Vous aviez quelque chose contre elle ?

— Rien de personnel. Son mari m'avait demandé de la retrouver. C'est ce que j'essayais de faire.

— Elle n'a pas de mari. Je veux dire qu'il est mort.

— Elle vous a dit qu'il était mort.

— Ce n'est pas vrai ?

— Elle ne dit jamais la vérité quand un mensonge l'arrange mieux.

— Je sais... Mais Hester est ma sœur et je l'aime, ajouta-t-elle d'un ton neutre. J'ai toujours fait tout ce que j'ai pu pour elle, et le ferai toujours.

— Voilà pourquoi vous êtes ici.

— Oui. Lance et Carl Stern m'ont assuré que je

pouvais tirer Hester d'un tas de dangers, peut-être de la prison. Tout ce que j'avais à faire était de venir ici en avion, sous son nom, de m'inscrire dans un hôtel, puis de disparaître. J'étais censée prendre un taxi à la limite du désert, me faire déposer à l'aéroport et Carl Stern devait venir m'y prendre. Il n'était pas au rendez-vous et je suis revenue ici. J'ai perdu le contrôle de mes nerfs.

— C'est pour ça que vous avez essayé de me téléphoner ?

— Oui. Ça m'a donné à penser quand j'ai vu l'histoire de Lance dans le journal. Vous m'aviez dit la vérité à ce sujet, peut-être me la diriez-vous pour tout le reste. Et je me suis souvenue de ce que vous m'aviez révélé hier soir... tout d'abord quand vous m'avez vue dans la chambre d'Hester. Vous avez dit...

Sa voix était hésitante comme celle d'un enfant répétant une leçon apprise par cœur.

— ... vous croyiez que j'étais Hester et vous avez dit que vous pensiez qu'elle était... que j'étais... qu'elle était morte.

— J'ai dit cela, oui.

— Est-ce vrai ?

J'hésitai. Elle se mit debout, vacillant un peu. Sa main serra fortement mon bras.

— Est-ce qu'Hester est morte ? N'ayez pas peur de me l'apprendre si c'est vrai. Je peux encaisser.

— Désolé, je ne peux pas vous répondre, je n'en sais rien.

— Qu'est-ce que vous croyez ?

— Je crois qu'elle a été tuée dans la maison de Beverly Hills hier après-midi. Et l'alibi qu'ils essayaient de combiner n'était pas pour Hester ; il était pour celui qui l'a tuée.

— Je vous demande pardon, je ne comprends pas.

— Disons qu'elle a été tuée hier. Vous endossez son identité, prenez l'avion jusqu'ici, vous inscrivez dans un hôtel, disparaissez. On ne viendra pas enquêter à son sujet à Los Angeles.

— Moi, je pourrai le faire.

— Si vous revenez vivante.

Elle mit une seconde à réaliser la combinaison, une autre pour comprendre sa situation présente. Elle cligna des paupières et le choc la fit chanceler. Ses yeux bleus s'élargirent démesurément.

— Que croyez-vous que je doive faire ?

— Vous évanouir en fumée. Disparaître jusqu'à ce que les choses se soient tassées. Mais d'abord je veux entendre votre histoire. Vous ne m'avez pas expliqué pourquoi vous leur avez permis de se servir de vous comme paravent. Ni ce que vous saviez des activités de votre sœur. Vous a-t-elle raconté ce qu'elle était en train de faire ?

— Elle n'en avait pas l'intention mais j'ai pu deviner. D'une certaine manière, je suis aussi coupable qu'Hester. Je me sens responsable de tout.

Elle s'arrêta et son regard fit le tour des murs de plâtre jaunis puis s'arrêta sur la porte derrière moi et se durcit. Le battant s'ouvrit brusquement au moment où je me retournais. La lumière crue m'éblouit et brilla sur les trois revolvers. Frost en tenait un ; Lashman et Marfeld étaient à ses côtés. Derrière eux, Mrs. Busch se relevait sur le gravier. Dans la rue, au volant de son taxi jaune pisseux, Charles Meyer redescendait vers la ville, sans regarder derrière lui.

Je vis tout cela tandis que je cherchais mon étui de revolver. Je n'achevai pas mon mouvement. La journée, la nuit et le jour précédent m'avaient fatigué et je ne réagissais pas rapidement, mais je compris qu'un revolver dans ma main était tout ce qu'ils désiraient. Mes doigts restèrent posés sur ma poitrine.

Frost souriait comme une tête de mort sur le fond bleu du ciel. Le revolver qu'il tenait à la main était une arme allemande. Il pressa le museau sur mon plexus solaire et me prit mon feu.

— Les mains sur la tête. C'est vraiment une charmante surprise.

— J'apprécie aussi, fis-je en obéissant.

— Maintenant tournez-vous.

Mrs. Busch s'était relevée et se mit à crier :

— Espèce de bande de salauds !

Elle se lança sur le dos du tueur le plus proche d'elle. C'était Marfeld. Il pivota et lui envoya le barillet de son arme dans la figure. Elle retomba face contre terre, ses cheveux traînant comme une flamme.

— Je vais vous tuer, Marfeld, dis-je.

Il se tourna vers moi, l'œil joyeux :

— Vous ? Et puis quoi encore, bébé ? Vous ne feriez pas de mal à une mouche. On veut se battre ?

Il frappa ma tempe du bout de son revolver. Le ciel vacilla comme une toile bleue dans le vent.

Frost lança d'une voix glacée à Marfeld :

— Laissez tomber ! Et, pour l'amour de Dieu, laissez tomber aussi la femme.

Il me parla presque aimablement :

— Laissez vos mains sur votre tête et tournez-vous.

Ce que je fis tandis que des filets de sang me chatouillaient le front et le côté de la figure. Rina était assise sur le lit, contre le mur. Elle avait ramené ses jambes sous elle et tremblait de tous ses membres.

— Vous me décevez, poupée, reprit Frost. Et vous aussi, Lew.

— Je me déçois moi-même.

— Ouais, après tout le mal que j'ai pris à vous donner de bons conseils et nos années de relations amicales !

— Vous allez me faire pleurer. Je n'ai pas été aussi ému depuis que j'ai entendu hurler une hyène.

Frost poussa durement le canon dans mes côtes. Marfeld s'ébranla vers moi en roulant des épaules :

— C'est pas comme ça qu'on parle à Mr. Frost.

Il balança le dos de sa main en travers de ma gorge. Je baissai le menton pour protéger mon larynx et pris le coup en pleine bouche. Je fis un bruit du genre « Gare ! » et me lançai sur lui. Lashman empoigna mon bras droit et s'y accrocha de tout son poids. L'épaule de Marfeld s'abaissa. Au bout de son bras replié, son poing m'atteignit en plein dans le ventre. Je me pliai en deux. Puis je me redressai en restituant mon café du matin.

— Ça suffit comme ça, dit Frost. Tenez-le sous votre tir, Lashman.

Frost passa devant moi et avança vers le lit. Il marchait comme sur des ressorts, ses épaules dansaient. Sa voix était sèche et fatiguée :

— Prête à partir, bébé ?

— Où est ma sœur ?

— Vous savez bien qu'elle a dû quitter la région. Vous voulez lui rendre service, n'est-ce pas ?

Il se pencha vers elle en parodiant la grande scène de charme.

— Je ne traverserais même pas la rue avec vous, cria-t-elle. Vous puez ! Je veux ma sœur !

— Vous allez venir, même si on doit vous porter. Debout !

— Non. Filez d'ici. Vous avez tué ma sœur !

Elle sauta du lit et courut vers la porte. Marfeld l'attrapa à bras-le-corps et essaya de la maîtriser, son gros ventre lui coinçant les hanches. Elle lui labourait les joues de ses ongles. Il lui empoigna le coude et le tordit sauvagement en arrière. Puis il la frappa violemment en pleine figure, du plat de la main. Elle retomba contre le mur.

Le revolver avait perdu contact avec mon dos en laissant une impression de vide. Je pivotai : Lashman regardait corriger la fille avec des yeux brillants de voyeur. J'écartai le revolver et m'en saisis avant qu'il ne puisse tirer. Puis j'envoyai un grand coup de la crosse dans le coin gauche de sa mâchoire ; il recula en titubant vers la porte.

Marfeld était dans mon dos. Il était lourd et fort, un poids mort considérable. Son bras vint entourer mon cou et serra. Je le balançai par-dessus ma tête contre l'embrasure de la porte. Il faillit m'arracher la tête, mais dégringola en plein sur Lashman face vers le ciel. Avec la crosse du revolver, je tapai entre ses deux yeux.

Je me retournai vers Frost au moment où il tirait et me rejetai de côté. La balle alla s'enfoncer dans le mur, derrière ma tête. Je tirai sur son bras droit ; son arme tomba en sonnant sur le sol. De ma main libre je l'empoignai, l'adossai au mur et passai la pièce en revue.

La fille, le visage blanc, était étendue contre le mur d'en face. Frost, assis sur le plancher entre nous, tenait son bras droit dans sa main gauche ; du sang coulait entre ses doigts et son regard allait de sa main à moi. La peur de la mort qui ne le quittait jamais se lisait sur son visage. Dans l'embrasure, Marfeld gisait, la tête sur la poitrine de Lashman. Ses yeux exorbités fixaient le ciel.

Mrs. Busch apparut dans l'embrasure, la démarche légèrement hésitante. Un de ses yeux était fermé et noir et sa bouche souriante était sanglante. Elle tenait un 45 automatique dans chaque main. Frost surprit le regard de son œil valide et tenta d'aller se réfugier sous le lit, trop bas pour qu'il puisse s'y glisser. Il resta étendu à côté, gémissant :

— Je vous en supplie, je suis blessé. Ne tirez pas !

La rouquine se mit à rire :

— Regardez-le ramper ! Écoutez-le pleurnicher !

— Ne le tuez pas, dis-je. Si étrange que cela puisse paraître, j'ai l'intention de me servir de lui.

27

Rina était au volant de la Cadillac de Frost et j'étais installé sur le siège arrière à côté de lui. Elle avait posé un garrot à son bras puis fait un pansement avec quelques serviettes de toilette. Affalé sur le siège, il berçait son bras et refusait de parler, sinon pour indiquer la direction.

Au-delà de l'aérodrome, nous tournâmes droit vers les montagnes dénudées et dentelées sous le soleil. La route montait et se changeait en piste. Nous arrivâmes au-dessus de la première crête d'où nous surplombions une vallée aride où rien ne semblait pousser. Près de la crête, un bâtiment de ciment au toit en dôme se dressait à mi-pente. Lourd et sans fenêtres, on eût dit une construction militaire. C'était d'ailleurs un ancien dépôt de munitions désaffecté.

— Elle est là-dedans, déclara Frost.

Rina regarda par-dessus son épaule et arrêta brusquement la voiture. Nous sortîmes dans le soleil rasant. Je demandai à Rina de rester dans l'auto.

— Vous pouvez ranger votre arme, dit Frost. Il n'y a rien là-bas, en dehors d'elle.

Je le fis grimper devant moi jusqu'à la seule et unique porte du bâtiment qui bâillait, entrouverte. La serrure à moitié arrachée pendait au chambranle. J'ouvris tout grand en tenant toujours mon revolver dans les côtes de Frost. Une bouffée d'air chaud s'échappa de l'intérieur. Ça sentait comme dans un four où on aurait fait cuire de la viande.

Frost recula. Je le forçai à entrer devant moi. Nous nous tenions sur une petite plate-forme étroite, plongeant nos regards dans l'obscurité. Le plancher de ciment se trouvait au moins à deux mètres au-dessous du niveau de l'entrée. Je poussai Frost hors du rectangle de lumière et vis ce qui reposait sur le sol : une pauvre chose tordue comme une momie, noircie et consumée par le feu.

— C'est vous qui lui avez fait ça?

— Seigneur non, c'est son mari, dit Frost sans conviction. Vous devriez le lui demander. Il l'a suivie jusqu'ici depuis Los Angeles. Il l'a assommée et a mis le feu au cadavre.

— Il vous faudra trouver mieux que ça, Frost. J'ai parlé à son mari. Vous l'avez expédié ici par avion, dans le coucou de Stern, pour l'impliquer dans le meurtre. Et vous avez probablement transporté le cadavre de la même façon. Mais la combinaison est détraquée et n'a d'ailleurs jamais marché. Aucun de vos sales projets ne marche jamais.

Il resta silencieux, papillotant des paupières :

— Ce n'était pas mon idée, mais celle de Stern, dit-il enfin. Et l'essence aussi. Il a dit que de cette façon, quand on trouverait le cadavre, on ne pourrait pas savoir quand elle avait été tuée. La fille était déjà morte, vous savez; on n'a fait que la passer au crématoire.

Il baissa les yeux vers le corps et, brusquement, de son bras valide, s'accrocha à mon épaule :

— Sortons d'ici, Lew! Je suis un homme malade, je ne peux pas rester ici.

Je le secouai et détachai son bras :

— Quand vous m'aurez dit qui a tué la fille.

Il hésita puis se décida :

— C'est Isobel Graff !

— Comment le savez-vous ?

— Marfeld l'a vue entrer dans la maison comme une folle. Il l'a suivie et a trouvé Hester dans le living-room. Elle avait la tête broyée par un tisonnier. On ne pouvait pas la laisser là-bas : les flics auraient établi le rapport avec Graff en un rien de temps...

— Quels étaient exactement les rapports d'Hester avec Graff ?

— Isobel pensait qu'ils étaient collés. De toute manière, c'est à moi qu'il revenait de me débarrasser du corps. Je voulais le balancer dans l'océan, mais Graff n'a pas voulu, il a une maison qui donne sur l'océan à Malibu. Et puis Lance Leonard a eu l'autre idée.

— Comment Leonard entre-t-il dans la distribution ?

— C'était un ami d'Hester. Elle avait emprunté sa voiture, il est venu la rechercher. Il avait une clé de la maison et il est entré pour trouver Marfeld et le cadavre. Il avait ses propres raisons pour étouffer l'histoire et c'est lui qui a eu l'idée de demander à la sœur de nous aider. Les deux sœurs se ressemblaient beaucoup, presque comme des jumelles, et Leonard les connaissait bien. C'est lui qui a expliqué à Rina qu'il fallait qu'elle vienne ici.

— Et qu'est-ce qui devait lui arriver ensuite ?

— Ça regardait Carl Stern. J'ai l'impression qu'il était derrière toute l'histoire. Je ne vois pas comment il peut se permettre de se lancer là-dedans.

— Vous êtes un peu en dehors du coup ; on se sert de vous comme d'un simple exécutant. Quand avez-vous commencé à laisser des tueurs et des crapules penser à votre place ?

Frost grimaça et baissa la tête :

— Je ne suis plus moi-même. Je suis mourant, Lew. Je suis dévoré intérieurement. En ce moment même je souffre horriblement. Je ne devrais plus sortir.

— Vous n'allez plus sortir. Vous pourrez rester au calme dans une cellule.

— Vous êtes un homme dur, Lew.

— Et arrêtez de m'appeler Lew. Je devrais vous laisser ici retrouver votre chemin tout seul.

— Vous ne me feriez pas ça ?

Il s'accrocha de nouveau à moi, gémissant.

— Écoutez-moi, Lew... monsieur Archer. A propos de ce film en Italie. Je peux vous dégotter cinquante dollars par semaine pour vingt-six semaines. Pas de charges, rien à faire. Vacances complètes...

— Économisez-vous ça. Je ne pourrais pas prendre un sou de votre main ; même avec des gants de caoutchouc.

— Mais vous n'allez pas me laisser ici ?

— Pourquoi pas ? Vous l'y avez laissée, elle.

— Vous ne comprenez pas. Je n'ai fait que ce que je devais. Nous étions coincés. La fille savait quelque chose contre le patron et sa femme, une preuve qui les tenait, et elle l'avait donnée à Carl Stern. C'est lui qui nous a forcés à accepter le marché. Nous avons dû coopérer avec lui. Ça a duré des mois. Stern a même forcé le patron à le couvrir de son nom pour sa dernière grosse opération.

— Quelle est cette preuve que Stern détient contre les Graff ?

— Ça, je ne peux pas vous le dire !

— Oh, que si ! et tout de suite. Je commence à en avoir marre de vous, Frost.

Il recula vers la porte.

— Un revolver, dit-il. Un revolver appartenant à Mr. Graff. Isobel s'en était servie pour tuer une fille, il y a près de deux ans.

— Où Stern garde-t-il ce revolver ?

— Dans un coffre-fort. Je l'ai découvert, mais je n'ai jamais pu le lui reprendre. Il le portait sur lui hier soir ; il me l'a montré, dans sa voiture.

Ses yeux mornes brillèrent d'un éclat morbide.

— Vous savez, Lew, je suis autorisé à payer cent sacs pour ce petit revolver. Vous êtes un costaud, un chic type. Pourriez-vous le reprendre à Stern ?

— Quelqu'un l'a déjà fait. Stern s'est fait ouvrir la gorge au cours de la nuit dernière. Peut-être le saviez-vous déjà, Frost.

— Non. Je ne le savais pas. Si c'est vrai, ça change tout.

— Pas pour vous.

Nous sortîmes. Dehors, la vallée brillait de toute sa blancheur crayeuse. Dans ce cadre inhumain, Rina était assise au pied de la pente, le visage levé et pâle. C'étaient de tristes nouvelles que je lui rapportais.

28

Beaucoup plus tard, dans l'avion du soir, nous fûmes à même de reparler de tout cela. Leroy Frost, qui niait, protestait et réclamait à la fois avocats et médecins, avait été déposé, en compagnie de Marfeld et Lashman, dans un hôpital, sous la garde de la police. Les restes d'Hester Campbell attendaient l'autopsie dans le sous-sol du même établissement. J'en dis assez au juge pour qu'il tienne Frost et ses hommes à la merci d'une extradition ou d'une accusation de meurtre. Le dernier acte devait, bien entendu, se jouer en Californie.

Rina et moi étions seuls à l'avant de l'avion. Quand le signal DÉFENSE DE FUMER eut disparu, elle croisa les jambes et alluma une cigarette. Sans me regarder, elle dit d'un ton brusque :

— Je suppose que je vous dois la vie, comme on dit dans les romans. Je ne sais ce que je pourrais faire pour vous remercier. Sans doute dois-je vous offrir de coucher avec moi. Ça vous irait ?

— Ne parlez pas ainsi. Vous avez passé un sale moment, commis une erreur, et je m'y suis trouvé mêlé. Mais ce n'est pas une raison pour en tirer une pareille conclusion.

— Je ne suis pas assez séduisante : c'est ce que vous voulez dire ?

— Ce sont des bêtises. Je ne vous en veux pas, vous avez été rudement secouée.

Elle s'appuya un moment au hublot, le regard fixé sur la chaîne de montagnes que nous survolions. Finalement, elle déclara d'un ton modeste :

— Vous avez tout à fait raison. J'ai été secouée et vraiment marquée, pour la première fois de ma vie. Cela fait un drôle d'effet à une jeune fille. J'ai l'impression d'être... eh bien, presque comme une prostituée... comme si maintenant je ne valais vraiment plus rien.

— C'est bien l'impression que tiennent à vous donner ces salauds. La saloperie elle-même a fait de satanés progrès et Los Angeles ne lui suffit plus. Il a fallu qu'elle se construise Las Vegas !

— C'est un endroit si terrible ?

— Ça dépend des partenaires que vous y rencontrez. Vous avez mis le doigt sur ce qu'il y avait de pire.

— Je n'ai pas mis le doigt dessus... et ce n'étaient pas mes partenaires. Ils me dégoûtent. J'ai prévenu Hester il y a des années que Lance était un poison pour elle. Et j'ai dit à Carl Stern ce que je pensais de lui, bien en face.

— Quand ça ? Hier soir ?

— Il y a plusieurs semaines. J'avais rendez-vous avec Lance et Hester. C'était peut-être une bêtise, mais je voulais savoir ce qui se passait. Hester a fait venir Stern pour me servir de cavalier, vous voyez ça ? On le croit millionnaire et Hester a toujours pensé que l'argent était la seule chose importante de la vie. Elle n'a jamais voulu comprendre, même lors de cette dernière réunion, pourquoi je ne voulais pas entendre parler de Stern. Pourtant, je ne l'attirais pas plus qu'il ne m'intéressait. Toute la soirée, dans différents night-clubs, il a passé son temps à faire du pied à Lance sous la table. Hester ne l'a pas remarqué, à moins que cela ne lui ait été indifférent. Moi, ça me faisait mal pour elle, que j'aimais bien. J'ai fini par vider mon sac et les laisser tomber tous les trois.

— Que leur avez-vous dit ?

— Rien que la vérité toute simple et sans fioritures. Que Carl Stern était un pédéraste et probablement encore pire, et qu'Hester était cinglée de se montrer avec lui et son petit ami.

— Avez-vous parlé de chantage ?

— Oui. Je leur ai dit que je les en soupçonnais.

— C'était dangereux. Je suis sûr que Stern projetait de vous tuer, la nuit dernière. Heureusement pour vous, il est mort le premier.

— Vraiment ? Je ne peux croire...

Mais elle le croyait et avait du mal à avaler sa salive.

— ... juste parce que... parce que je soupçonnais quelque chose ?

— Parce que vous le soupçonniez de chantage et l'avez traité de pédale. Tuer était une chose facile pour Stern. J'ai consulté son dossier cet après-midi... Les autorités du Nevada en ont un plein tiroir. Pas étonnant qu'il ne puisse obtenir une licence de jeux sous son propre nom. Il est suspecté d'avoir pris part à plus de trente assassinats.

— Pourquoi n'a-t-il pas été arrêté ?

— Il l'a été, mais on n'a pas pu fournir de preuves contre lui. Demandez l'explication aux politiciens qui dirigent la police de New York, Jersey, Cleveland et ailleurs. Et aux gens qui ont voté pour eux. Stern était millionnaire, c'est vrai, et plusieurs fois encore !

— Je ne comprends pas alors pourquoi il s'est lancé dans le chantage.

— Bien sûr, ce n'était pas d'argent dont il avait besoin, mais d'un statut légal. Le nom de Simon Graff lui donnait une chance d'agir légalement, de s'établir solidement sur cette côte.

— Et je l'y ai aidé... Je voudrais pouvoir m'arracher la langue.

— Avant, j'aimerais que vous me racontiez ce que vous voulez dire par là.

Elle prit son souffle et commença sèchement :

— Eh bien, tout d'abord, je suis infirmière, en psychiatrie. J'ai fait un stage à Santa Barbara et j'ai passé mes brevets professionnels à Camarillo.

Parler de sa profession semblait lui avoir redonné de l'assurance. Elle se tenait plus droite et sa poitrine se tendait.

— Ma mère pensait que j'étais folle. Nous avons eu une dispute suivie d'une rupture l'an dernier, et je ne l'ai pas vue beaucoup depuis. Il se trouve que j'aime m'occuper des malades, surtout des malades mentaux. Le désir qu'on ait besoin de moi, je suppose.

C'est ainsi que j'ai été amenée à travailler avec le Dr Frey, à Santa Monica, et cela pendant plus de deux ans.

— Alors vous connaissez Isobel Graff?

— Bien sûr. Elle est entrée en clinique peu après mon arrivée dans le service. Elle y avait déjà séjourné plus d'une fois. Elle est schizophrène, vous savez, depuis bientôt vingt ans et, quand ça empire, elle devient paranoïaque. Le docteur dit que son agressivité était développée contre son père de son vivant. A ce moment-là, elle se montait contre Mr. Graff. Elle croyait qu'il formait des plans contre elle et voulait le devancer dans ses desseins. Le Dr Frey pensait que Mr. Graff aurait dû, pour sa propre sécurité, la faire enfermer. On voit tous les jours des maniaques de la persécution se décider tout à coup à tenter une action criminelle. Mais le Dr Frey lui faisait une série de traitements au Métrazol et elle passait graduellement de la phase aiguë à un calme relatif. Pourtant elle était encore toute secouée quand la chose est arrivée. Moi, je ne me serais pas permis de la laisser seule un instant mais le Dr Frey disait qu'elle n'était pas dangereuse.

» Au milieu de mars, il lui donna l'autorisation de sortir. Je ne voudrais pas me permettre de critiquer un médecin, mais c'est là qu'il a commis une erreur. Elle n'était pas prête à affronter la liberté. La première contrariété l'a mise hors d'elle.

— Qu'est-il arrivé?

— Je ne sais pas exactement. Peut-être quelqu'un a-t-il fait une remarque inconsidérée; elle avait reçu des visites ce jour-là. Toujours est-il qu'Isobel s'échappa et ne reparut pas de la nuit.

» Quand elle revint, elle était vraiment en mauvais état. Avec un regard terrible, figé, comme un poisson pris à l'hameçon. Elle en était revenue exactement au même point qu'au début de sa crise en janvier... même pire !

— Quelle nuit s'est-elle sauvée ?

— Le 21 mars, le jour du printemps. Je ne risque pas d'oublier la date. Gabrielle Torres fut tuée cette même nuit. Je n'ai pas fait le rapprochement entre les deux événements à l'époque.

— Mais vous l'avez fait depuis ?

— C'est Hester qui l'a fait pour moi, dit-elle en baissant la tête d'un air sombre. Elle savait une chose que j'ignorais : que Simon Graff et Gabrielle étaient... amants.

— A quel moment cela s'est-il produit ?

— Un jour de l'été dernier où je déjeunais avec Hester. La conversation est venue sur cette affaire qui semblait lui trotter dans la tête : elle était employée au *Channel Club* à l'époque et donnait des leçons de natation. Elle me parla de cette liaison : apparemment, Gabrielle l'avait prise pour confidente. Sans réfléchir à ce que je faisais, je lui ai raconté qu'Isobel Graff s'était échappée cette nuit-là. Hester a réagi comme un compteur Geiger et s'est mise à me questionner. Je pensais que la seule chose qui l'intéressait était de découvrir qui avait pu tuer son amie. Je me laissai aller et lui racontai ce que je savais sur Isobel : sa fugue et son état mental à son retour. J'étais de garde de bonne heure ce matin-là et c'est moi qui me suis occupée d'elle avant que le Dr Frey n'arrive.

— Vous a-t-elle dit où elle avait été ?

— Non, elle n'a pas dit un mot. En fait, elle n'a pas parlé pendant des jours. Le Dr Frey a même eu peur qu'elle ne tombe en léthargie. Quand ça s'est tassé et qu'elle a recommencé à parler, elle n'a jamais rien raconté sur cette nuit... du moins pas en termes clairs.

Dans la salle de travail manuel, toutefois, plus tard dans le courant du printemps, j'ai vu quelques-uns des objets qu'elle avait façonnés en terre glaise.

Elle ferma les yeux comme pour les revoir plus intensément par la pensée et continua dans un chuchotement :

— Elle faisait d'ordinaire des poupées en forme de femmes à qui elle arrachait la tête et qu'elle mettait ensuite en morceaux comme une sorte de sorcière sauvage. Et d'horribles petits hommes avec d'énormes... organes. Des animaux à figure humaine, accouplés. Des revolvers et... certaines parties du corps humain, tout ça mélangé.

— Ce ne devait pas être joli, mais ça voulait forcément dire quelque chose, n'est-ce pas ? A-t-elle jamais parlé de ces choses avec vous ?

— Pas avec moi, non. Le Dr Frey ne tient pas à ce que les infirmières pratiquent les examens psychiatriques.

Son regard bleu se leva vers moi. C'était étrange de voir une fille qui en avait tant vu et avait gardé un regard aussi innocent. Elle poursuivit :

— C'est une terrible faute morale, pour une infirmière, que de parler de ses malades. Ça m'a remplie de remords quand j'ai eu tout raconté à Hester. J'avais agi comme une idiote. Je croyais qu'elle était sincère pour une fois dans sa vie et qu'elle voulait seulement découvrir la vérité sur la mort de Gabrielle. Je n'aurais jamais dû lui confier ces renseignements dangereux. Elle a bien montré ce qu'elle entendait en faire. Elle s'en est servie pour faire chanter Mrs. Graff.

— Depuis combien de temps saviez-vous cela ?

— C'est difficile à dire. Quelquefois on sait les choses sans les savoir. En réalité, j'ai dû tout soupçonner dès le début. Du moins depuis le moment où

Hester a quitté le club et s'est enfuie pour une destination inconnue. Mais c'est devenu tout à fait net à cette horrible soirée que je vous ai racontée. Carl Stern s'est lancé froidement et s'est mis à parler de sa nouvelle installation à Las Vegas et de la manière dont il tenait Simon Graff par le bout du nez. Et Hester buvait à ses côtés et le regardait de ses yeux brillants. J'ai eu comme une idée bizarre, l'idée qu'elle voulait me faire constater combien elle s'était bien débrouillée. C'est à ce moment que j'ai éclaté.

— Pourquoi avez-vous accepté de donner un alibi à votre sœur ?

— Il me semblait que je le devais à Hester. D'une certaine manière, je me sentais aussi coupable qu'elle. C'est moi qui l'ai fourrée dans ce pétrin et j'estimais que c'était à moi de l'en tirer. Mais Hester était déjà morte, n'est-ce pas ?

Des tremblements la secouèrent, ses dents s'entrechoquèrent. Je passai mon bras autour de ses épaules jusqu'à ce que la crise se calme.

— Il ne faut pas trop vous en vouloir, dis-je pour l'apaiser.

— Si, il le faut. Vous ne comprenez pas : si Isobel Graff a tué Hester, n'est-ce pas de ma faute ?

— Je ne comprends pas, en effet. Les gens ne sont responsables que de leurs propres actions. De toute manière, j'ai quelques doutes et me demande si Isobel a assassiné votre sœur. Je ne suis même pas certain qu'elle ait bien tué Gabrielle Torres. Je ne le serai que quand j'aurai une preuve formelle : un aveu, un témoin oculaire, ou le revolver dont elle s'est servie. Vous avez tendance à prendre tout sur vous, Rina. Ça fait probablement des années qu'on vous a chargée des fautes de tout le monde.

Elle s'était raidie dans mes bras.

— C'est vrai. Hester était la plus jeune ; elle faisait

toujours des bêtises et mère me grondait toujours, moi. Comment le savez-vous ? Vous êtes très perspicace.

— Dommage que la plupart du temps ce ne soit qu'un flair de chien policier. De toute façon, il y a une chose dont je suis certain : vous n'êtes pas responsable de ce qui est arrivé à Hester, et vous n'avez rien fait de vraiment répréhensible.

— Vous le pensez vraiment ?

Elle avait l'air abasourdie.

— Bien sûr que je le pense vraiment !

C'était une bonne gosse, comme disait Mrs. Busch. C'était aussi une gosse bien fatiguée. L'avion avait dépassé le milieu de sa course et commençait à amorcer sa longue descente vers Los Angeles. Avant qu'il n'ait touché terre, Rina avait un peu pleuré sur mon épaule. Et aussi dormi un peu.

29

Il faisait nuit noire quand j'arrivai à Malibu. Une seule voiture stationnait dans le parking du *Channel Club,* une vieille Dodge d'avant-guerre qui portait le nom de Tony sur sa plaque. A l'intérieur du club, je ne trouvai personne. Je frappai à la porte du bureau de Clarence Bassett sans recevoir de réponse.

Je longeai la galerie le long de la piscine et en profitai pour m'introduire dans la cabine de Graff. La porte était fermée par une serrure Yale facile à trafiquer. J'entrai et allumai la lumière, m'attendant à trouver quelqu'un, mais la pièce était vide et son mobilier n'avait pas été dérangé.

J'ouvris les portes jumelles des deux vestiaires. Chacun s'ouvrait par une autre porte, au fond, sur le corridor qui menait aux douches. Celui de droite possédait une armoire de fer grise et un assortiment de vêtements de plage masculins ; celui de gauche, probablement celui de Mrs. Graff, ne contenait qu'un tabouret de bois et une armoire vide. J'allumai le plafonnier, ne sachant pas encore très bien ce que je cherchais. C'était plutôt vague, mais cependant assez défini : l'impression de ce qui était arrivé par cette nuit de printemps où Isobel Graff s'était échappée et où la première jeune fille avait trouvé la mort. « Pendant un moment, avait dit Isobel, je me suis sentie là-dedans, nous regardant et m'écoutant parler moi-même. »

Je refermai derrière moi la porte de son vestiaire. En haut, une sorte de vide avait été aménagé pour que les réduits sans fenêtres puissent être aérés. En me haussant sur la pointe des pieds, je pouvais jeter un regard dans la première pièce, à travers les croisillons de bois qui garnissaient les ouvertures. Isobel, elle, avait dû monter sur le tabouret que je traînai derrière la porte et escaladai à mon tour. A quelques centimètres du niveau de mon visage, sur le rebord d'une des lucarnes, il y avait une série d'encoches semblables à des marques de dents entourées de faibles traces de rouge à lèvres, assombries par le temps. Douloureusement, des images jaillissaient dans mon esprit. La douleur, je la ressentis pour la femme qui s'était tenue sur ce tabouret, dans le noir, surveillant l'autre pièce entre les interstices et mordant à même le bois dans un réflexe d'agonie.

J'éteignis et regagnai la première pièce. Derrière moi, quelqu'un se racla doucement la gorge. Je me retournai et aperçus Tony dans l'embrasure. Sa main était posée sur la crosse de son revolver.

— C'est vous qui avez forcé la porte ?

— C'est moi.

Il secoua la tête d'un air désapprobateur :

— Mr. Graff n'aimera pas ça; il est fou de sa cabine. Il l'a entièrement décorée pour qu'elle ne soit pas comme les autres.

— Quand a-t-il fait ça ?

— L'an dernier, au printemps.

Son regard se fit sombre, sérieux, fermé. Il enleva sa casquette et se mit à gratter sa tignasse grise.

— C'est vous aussi qui avez démantelé la serrure de la porte de la plage, hein ?

— C'est moi. Il semble que je sois d'humeur destructrice aujourd'hui. C'est grave ?

— Les flics le pensent. On a trouvé un autre cadavre sur la plage; vous savez ça, monsieur Archer ?

— Carl Stern.

— Ouais, Carl Stern. C'était le manager de mon neveu dans le temps. Le capitaine Spero a dit que c'était un crime de gang, mais moi je n'en sais rien. Qu'est-ce que vous en pensez, vous ?

— J'en doute.

Tony se tenait toujours dans l'embrasure de la porte. Il se remit à se gratter la tête puis ses doigts descendirent le long des rides qui entouraient son nez et sa bouche :

— Qu'est-ce que vous faites ici, monsieur Archer ? Vous n'avez pas le droit d'y entrer.

— Je cherche Mrs. Graff.

— Pourquoi ne pas l'avoir dit ? Vous n'auriez pas eu besoin de faire sauter la serrure. Mrs. Graff était là il y a quelques minutes. Elle a demandé Mr. Bassett, mais il était absent. Maintenant elle est descendue sur la plage. J'ai essayé de l'en empêcher, elle n'était pas très en forme. Elle n'a pas voulu venir avec moi. Vous croyez que je devrais téléphoner à Mr. Graff ?

— Si vous arrivez à le joindre. Où est Bassett ?

— Je ne sais pas, il faisait ses bagages tout à l'heure. Il va toujours passer un mois au Mexique hors saison. Il m'a souvent montré des photos...

Je le laissai et allai au bout de la piscine. La grille de la clôture était ouverte. A quelques mètres au-dessous, la plage dévalait vers la mer dont une ligne d'écume blanchâtre traçait la limite. La vue de l'océan me fit une impression désagréable : je me rappelai Carl Stern flottant entre deux eaux.

Je descendis les marches de ciment, me guidant aux bruits qui s'élevaient parfois par-dessus le murmure du flux. C'était Isobel Graff qui parlait à l'océan d'une voix aiguë comme celle d'une mouette apeurée. Elle le défiait de venir l'enlever. Elle était assise sur ses talons, juste à la limite de l'écume et secouait son poing en direction de l'eau bruissante. Son profil se découpait nettement, blanc comme craie, là où l'œil faisait un trou sombre. Elle m'entendit approcher et leva un coude pour se protéger le visage.

— Laissez-moi seule. Je ne veux pas revenir. Je veux mourir avant.

Je m'assis à côté d'elle sur le sable, si près que nos épaules se frôlaient. Elle se poussa vivement pour fuir ce contact, mais ne fit pas d'autre mouvement. Sa petite tête d'oiseau, sombre et broussailleuse, se tourna brusquement vers moi. Elle dit, d'une voix normale :

— Hello.

— Hello, Isobel. Où avez-vous passé la journée ?

— Sur la plage, presque tout le temps. J'avais besoin d'une grande promenade. Et puis j'ai peur de rentrer chez moi. Ce sale bonhomme doit y être.

— Quel sale bonhomme ?

— Le vieux père La Mort, avec sa longue vieille barbe sale.

Sa crise n'était pas assez aiguë pour l'empêcher de

savoir ce qu'elle disait, mais juste assez pour ne pouvoir la faire taire.

— Il a voulu m'emporter, mais j'étais trop fatiguée et après je me suis retrouvée là-bas avec tous ces gens froids et chauds qui courent partout. Qu'est-ce que je vais faire ? J'ai peur de l'eau. Je ne peux pas supporter la pensée de me faire violence et les pilules pour dormir n'ont pas réussi à me tuer. On arrive toujours à temps pour vous donner un tas de café et d'autres choses, et tout est à recommencer.

— Quand avez-vous essayé les pilules ?

— Oh, il y a longtemps, quand père m'a fait épouser Simon. J'étais amoureuse d'un autre homme.

— Clarence ?

— C'est le seul homme que j'aie jamais aimé. Clarence était si gentil avec moi.

La marée montait lentement. Je ne savais si j'avais envie de rire ou de pleurer. Je me tournai pour voir son visage, tout près du mien : un fantôme de visage, tout blanc avec des trous noirs pour les yeux et la bouche. Dans la nuit brumeuse, elle avait l'air d'une enfant plus que d'une femme. Une enfant désemparée qui avait perdu sa route et rencontré la mort au coin du chemin. Sa tête se posa sur mon épaule.

— Toute la journée j'ai essayé de me donner le courage d'aller me jeter à l'eau. Que vais-je faire ? Je ne pourrai plus jamais supporter d'être enfermée.

— Le suicide est un péché, d'après votre religion.

— J'en ai commis de pires.

J'attendis. Le brouillard nous enveloppait maintenant. Il formait autour de nous une sorte de limbes à l'intérieur desquels on pouvait dire n'importe quoi. Isobel Graff parla :

— J'ai commis le pire de tous les péchés. Ils étaient ensemble dans la lumière et j'étais seule dans le noir.

Et puis la lumière a éclaté dans mes yeux comme du verre brisé, mais j'y voyais encore assez pour tirer. Je lui ai tiré en plein dans le bas-ventre et elle est morte.

— Ça se passait dans votre cabine ?

Elle acquiesça d'un faible signe de tête. Je sentis le mouvement plus que je ne le vis.

— Je l'ai surprise là-bas, avec Simon. Elle s'est traînée dehors et elle est morte sur la plage. Les vagues sont venues et l'ont prise. J'aurais tant voulu qu'elles me prennent aussi.

— Qu'est-il arrivé à Simon ce soir-là ?

— Rien. Il s'est sauvé. Pour recommencer un autre jour, et encore, et encore. Il a été terrifié quand je suis sortie du vestiaire, le revolver à la main. C'est lui que je voulais tuer, mais il s'est rué hors de la pièce.

— Où aviez-vous pris le revolver ?

— C'était celui de Simon. Il le gardait dans son placard. C'est lui qui m'avait appris à tirer, sur cette même plage. Que pensez-vous de moi maintenant ?

Je n'eus pas à lui répondre : une voix montait dans le brouillard au-dessus de nous ; on criait son nom : Isobel.

— Qui est-ce ? Ne les laissez pas me reprendre.

Elle se mit à genoux, joignant sur les miennes ses mains froides comme celles d'un cadavre. Des pas et des lumières descendaient les marches de ciment. Je me levai et allai à leur rencontre. Le rayon de lumière se rapprocha de moi. La silhouette diffuse de Graff le suivait. Dans une main, il tenait un long revolver de tir. J'étais armé moi aussi.

— Vous êtes fait, Graff. Jetez votre revolver devant vous.

Son arme rebondit mollement sur le sable. Je le ramassai rapidement. C'était un 22 long rifle de modèle ancien, trop petit pour ma grosse patte. Il était chargé. Je mis la sécurité et le passai dans ma ceinture.

— Donnez-moi la lampe aussi.

Il me tendit la torche que je tournai vers son visage. Sa bouche était molle et pincée et ses yeux effrayés.

— J'ai entendu ma femme. Où est-elle ?

Je dirigeai le faisceau de lumière vers la plage. Il traversa la zone de brouillard. Isobel se mit à courir pour le fuir. Noire et longue dans l'air grisâtre, son ombre la précédait. Elle semblait habitée par une rage qui la tordait dans une imitation sordide et tragique de tous ses mouvements.

Graff cria de nouveau son nom et se mit à courir derrière elle. Je les suivis et la vis tomber, se relever et retomber. Graff l'aida à se remettre debout. Ils vinrent vers moi, lentement et pesamment. Elle traînait les pieds, sa tête pendait sur sa poitrine et je ne pouvais voir son visage. Le bras de Graff autour de son corps la poussait en avant.

Je pris le revolver passé dans ma ceinture et le lui montrai :

— Est-ce celui dont vous vous êtes servie pour tuer Gabrielle ?

Elle jeta un coup d'œil et acquiesça d'un signe de tête muet.

— Non, dit Graff. N'avouez rien, Isobel.

— Elle a déjà avoué, répondis-je.

— Ma femme est mentalement irresponsable. Son aveu ne constitue pas une preuve valable.

— Mais le revolver en est une. Le département de balistique de la police s'en occupera. D'où sortez-vous ce revolver, Graff ?

— C'est Carl Walther qui l'a fait spécialement pour moi, en Allemagne, il y a des années.

— Je veux parler des dernières vingt-quatre heures. Où l'avez-vous pris pendant ce laps de temps ?

— Il y a vingt ans que je l'ai en ma possession, répondit-il prudemment.

— Du diable si vous l'aviez ! C'est Stern qui le possédait la veille de sa mort. C'est vous qui l'avez tué pour le lui reprendre ?

— Non, ce n'est pas moi.

— Quelqu'un a mis Stern hors de combat pour récupérer cette arme. Vous devez connaître cette personne et vous feriez aussi bien de me le dire. Tout va se savoir maintenant. Même toute votre fortune ne pourra pas arrêter la vérité.

— C'est de l'argent que vous voulez de moi ? Vous pouvez en avoir, lâcha-t-il d'une voix soulagée.

— Je ne suis pas à vendre comme Marfeld, répliquai-je. Votre agent recruteur a déjà essayé de m'acheter. Il est à la prison de Vegas, avec sur le dos un cadavre qui demande des explications.

— Je sais. Mais je parle d'une somme vraiment importante : un million de dollars cash, ce soir.

— Où trouverez-vous tout ça ce soir même ?

— Chez Clarence Bassett. Il a l'argent dans son bureau. Je le lui ai versé ce soir. C'était le prix du revolver. Reprenez-le-lui, il est à vous.

30

Il y avait de la lumière dans le bureau de Bassett. Je frappai si fort que je me meurtris les phalanges. Il ouvrit la porte, en manches de chemise. Son visage était parsemé de plaques rouges, avec des cernes sombres sous les paupières, et il eut l'air de ne pas me reconnaître tout de suite.

— Archer ? Qu'est-ce qui ne va pas, mon vieux ?

— C'est vous qui n'allez pas, Clarence.

— Oh, j'espère que si.

Il aperçut le couple derrière moi et se lança dans un discours.

— Vous l'avez trouvée, monsieur Graff. Je suis si content !

— Ah oui ? dit froidement Graff. Isobel a tout avoué à cet homme. Je veux que vous me rendiez mon argent.

L'expression de Bassett commença à se modifier, et il fit une grimace nerveuse qui ressemblait au rictus d'un cheval mort.

— Dois-je vraiment comprendre ceci : je vous rends l'argent et rien de plus ne filtrera ?

— Un tas de choses vont être dites. Donnez-lui cet argent, Clarence.

Bassett se tenait raide, me barrant le chemin. Derrière ses prunelles, passaient les ombres de ses réflexions : il cherchait le moyen d'agir au plus vite.

— Il n'est pas ici.

— Ouvrez votre coffre et nous verrons nous-mêmes. Vous êtes prêt à coopérer volontairement, n'est-ce pas ?

Il porta une main à son col de chemise comme pour chercher un nœud de cravate absent, puis la laissa retomber.

— Vous m'avez un peu surpris. En fait, je suis prêt à coopérer ; je n'ai rien à cacher.

Il se retourna brusquement, traversa la pièce et enleva la photo des trois plongeurs. Un coffre était encastré dans le mur. Je le tenais sous la menace du revolver tandis qu'il manœuvrait les boutons. L'arme dont il s'était servi pour Leonard était probablement au fond de la mer, mais il pouvait en avoir une autre dans le coffre. En fait, il ne contenait que de l'argent... des liasses de billets dans un gros papier d'emballage.

— Prenez, me dit Graff. C'est à vous.

— Il me dégoûte bien trop.

— Vous voulez rire. Vous en avez forcément besoin. Vous travaillez bien pour être payé, n'est-ce pas ?

— J'en ai terriblement besoin, reconnus-je, mais je ne peux pas prendre celui-ci. Il ne m'appartiendrait pas : c'est moi qui dépendrais de lui. Il exigerait que je m'engage dans les rangs de votre milice, comme l'a fait Marfeld, jusqu'à ce que je me retrouve à pourrir à l'ombre.

— Il serait facile de vous tirer de là, observa Graff.

Il tourna son regard fixe vers Clarence Bassett, qui s'appuyait contre le mur. La peur de la mort envahit ce dernier et galvanisa ses muscles. Il fit sauter le revolver de mes mains, tomba à quatre pattes et posa la main sur la crosse. D'un coup de pied je repoussai l'arme hors de sa portée, empoignai l'homme par le collet et allai l'asseoir sur un fauteuil au bout de son bureau.

Isobel Graff s'était laissée tomber dans un fauteuil et ses cheveux dénoués coulaient comme une huile noire sur le dossier du siège. Bassett n'osait pas lever les yeux vers elle. Il restait le plus loin possible d'elle, tremblant et soufflant.

— Je n'ai rien fait dont je puisse avoir honte. J'ai épargné à une amie les conséquences de ses actes. Son mari m'a donné ceci pour me remercier.

— C'est la plus jolie définition du chantage qu'il m'ait été donné d'entendre. Non que le chantage soit le seul de vos agissements. Allez-vous me raconter que vous avez descendu Leonard et Stern pour défendre Isobel Graff ?

— Je n'ai aucune idée de ce que vous voulez dire.

— Quand vous avez essayé d'impliquer Isobel dans

le meurtre d'Hester Campbell, est-ce que ça faisait partie de votre système de protection ?

— Je n'ai rien fait de semblable.

Je me tournai vers la femme :

— Vous êtes allée dans sa maison de Beverly Hills hier après-midi.

Elle acquiesça.

— Pourquoi ?

— Clarence m'avait dit qu'elle était la dernière chipie de Simon. C'est le seul qui me parle, le seul qui s'inquiète de ce qui peut m'arriver. Clare m'a dit que si je pouvais les surprendre ensemble, je pourrais forcer Simon à m'accorder le divorce. Seulement elle était déjà morte !

Elle parlait avec une nuance de regret, comme si Hester Campbell lui avait vraiment fait défaut.

— Comment saviez-vous où elle habitait ?

— Clare me l'avait dit.

Elle lui fit un sourire de reconnaissance.

— Hier matin, pendant que Simon prenait son bain.

— Tout ça ne tient pas debout, dit Bassett. Mrs. Graff a tout inventé. Je ne savais même pas où habitait cette fille, vous-même en êtes témoin.

— Vous le saviez très bien. Vous aviez retrouvé sa trace et la menaciez même. Vous ne pouviez pas permettre que George Wall la voie tandis qu'elle était encore en vie. Mais vous vouliez qu'il arrive quand même jusqu'à elle. C'est comme ça que je suis entré dans l'histoire : vous aviez besoin de quelqu'un pour mettre la main sur elle et aider à lui faire encaisser la combinaison. Et dans le cas où ça ne marcherait pas, vous avez envoyé Mrs. Graff à la maison pour vous donner une double sécurité. C'est la seconde combinaison qui a marché... du moins qui a fonctionné avec Graff et sa brillante cohorte. Ils vous ont donné un sérieux coup de main en couvrant ce meurtre.

— Je n'ai rien à voir là-dedans, dit Graff derrière moi. Je ne suis pas responsable de Frost et de Marfeld. Ils ont agi sans me consulter.

— Ils étaient sous vos ordres, rectifiai-je, et vous êtes responsable de leurs actes. D'ailleurs ils n'ont servi que de comparses dans ce meurtre. C'est sur vous que tout retombera.

— Vous vous faites des idées ! s'écria Bassett qui avait repris courage. J'aimais beaucoup Hester Campbell, comme vous le savez. Je n'avais nul motif de lui faire du mal.

— Je ne doute pas que vous l'ayez beaucoup aimée, à votre manière particulière. Elle faisait de vous tout ce qu'elle voulait. Elle vous a coincé en septembre et vous a pris votre bien le plus cher.

— Je suis pauvre ; je ne possède rien.

— Je veux parler de ce revolver, fis-je en tenant le Walther hors de sa portée. Je ne sais pas exactement comment vous l'avez eu en main la première fois ; mais je crois savoir comment vous l'avez récupéré la seconde. Il a dû se passer bien des choses depuis quatre mois, depuis qu'Hester Campbell l'avait volé dans son coffre. Elle l'avait refilé à son petit ami, Lance Leonard. Il n'était pas de taille à trafiquer l'affaire tout seul, aussi il l'a mise entre les mains de son copain Stern qui avait de l'expérience en la matière. Et puis, Stern avait des relations qui le mettaient hors de portée des costauds de l'escouade Graff. Mais pas à l'abri de vous. Je peux mettre quelque chose à votre crédit, Clarence : il fallait en avoir pour s'attaquer à Stern, même si je vous avais facilité le travail. Plus que n'en avait Graff avec son armée privée.

— Je ne l'ai pas tué, répéta Bassett. Vous savez bien que je ne l'ai pas tué. Vous l'avez vu partir vous-même.

— Vous l'avez suivi dehors et vous n'êtes revenu qu'au bout d'un moment. Vous avez eu le temps de l'assommer dans le parking, de le fourrer dans sa voiture et de l'emmener sur la falaise où vous avez eu le loisir de lui trancher la gorge et de le jeter à la mer. C'était un drôle d'effort pour un homme de votre âge. Vous deviez avoir un sacré besoin de ce revolver. Vous aviez tellement faim de ce fric ?

— L'argent n'a rien à voir là-dedans.

C'était son premier aveu réel.

— Je ne savais pas qu'il avait ce revolver dans sa voiture jusqu'à ce qu'il ait essayé de me menacer. Je l'ai assommé avec la manivelle et à ce moment, c'était moi ou lui. Je l'ai tué en état de légitime défense.

— Vous ne lui avez pas tranché la gorge en état de légitime défense.

— C'était un homme mauvais, un criminel, je l'ai détruit comme on détruit une bête nuisible.

Il était fier d'avoir tué Stern, l'orgueil illuminait son visage ; il avait l'air fou tout à coup.

— Un gangster et un trafiquant de drogue... est-ce plus important que moi ? Je suis un civilisé, sorti d'une bonne famille.

— C'est ainsi que vous avez coupé la gorge de Stern, tiré dans l'œil de Lance Leonard, défoncé la nuque d'Hester Campbell à coups de tisonnier. C'était vraiment la meilleure manière de prouver votre civilité.

— Ils le méritaient.

— Vous avouez les avoir tués ?

— Je n'avoue rien. Vous n'avez aucun droit de me poursuivre. Vous ne pouvez rien prouver contre moi.

— La police s'y emploiera. Elle reconstituera tous vos mouvements, trouvera les témoignages nécessaires, et aussi le revolver dont vous vous êtes servi pour tuer Leonard.

— Ah vraiment? fit-il d'un ton sardonique.

— Et comment! Vous montrerez où vous l'avez planqué. Vous avez déjà commencé à vous trahir. Vous n'êtes pas un dur, Clarence, et n'essayez pas de faire comme si vous en étiez un. Hier soir, quand tout a été terminé et que les trois eurent été tués, vous avez dû vous assommer avec une pleine bouteille. Vous ne pouviez regarder en face votre acte criminel. Combien de temps croyez-vous que vous tiendrez, seul dans une cellule, sans même une bouteille?

— Vous me haïssez, dit Bassett. Vous me haïssez et je vous dégoûte, n'est-ce pas?

— Je n'ai pas à répondre à cette question. C'est vous qui allez me répondre. Vous êtes le seul qui le puissiez. Quelle est cette sorte d'homme qui se sert d'une femme malade comme bouc émissaire? Quelle espèce d'homme est-ce, qui prive de la vie une gosse comme Gabrielle parce qu'il espère tirer un profit de sa mort?

Bassett eut un brusque geste de dénégation. Il lança, les mâchoires serrées :

— Vous n'y êtes pas du tout. Vous ne comprendrez jamais.

— J'en comprends plus que vous ne croyez. Je comprends que vous avez espionné Graff pendant que sa femme était à la clinique. Vous avez vu qu'il se servait de sa cabine pour ses rendez-vous avec Gabrielle. Vous étiez sans aucun doute averti qu'il gardait un revolver dans son placard. Tout ce que vous saviez, vous l'avez dit à Isobel Graff. Vous l'avez probablement aidée à s'échapper de la clinique en lui fournissant les passe-partout nécessaires. Tout cela viendra grossir votre mise en accusation. Mais je ne comprends pas ce que vous aviez contre Gabrielle.

— Je n'ai rien à voir avec sa mort !

Mais il se tortilla sur son siège et regarda pour la première fois Isobel Graff, furtivement, d'un air coupable.

Elle était assise, toute raide maintenant, et elle retourna à Bassett un regard de pierre.

— Vous avez bien agi ainsi, Clarence.

— Non. Je veux dire que je n'ai jamais combiné tout ça. Je n'avais aucune idée de chantage. Je ne voulais pas la faire tuer.

— Qui vouliez-vous voir tuer ?

— Simon, dit Isobel Graff. C'était Simon qu'il fallait tuer. Mais j'ai tout gâché, n'est-ce pas, Clare ? C'est ma faute si tout a mal tourné.

— Restez calme, Belle.

C'était la première fois que Bassett lui adressait directement la parole.

— N'en dites pas plus.

— Vous aviez l'intention de tuer votre mari, madame Graff ?

— Oui. Clare et moi voulions nous marier.

Graff eut un grognement, moitié colère et moitié dérision. Elle se tourna vers lui :

— Vous feriez mieux de ne pas vous moquer de moi. Vous m'avez fait enfermer et avez fait main basse sur mes biens.

Sa voix montait :

— Je *regrette* de ne pas vous avoir tué.

— Ainsi vous et votre coureur de dot ramolli auriez pu vivre heureux pour le reste de vos jours ?

— Nous aurions pu être heureux. N'est-ce pas, Clarence ? Vous m'aimez, vous m'avez toujours aimée, toutes ces longues années.

— Toutes ces longues années, répéta-t-il.

Mais sa voix ne trahissait aucun sentiment et ses yeux étaient morts.

— Maintenant, si vous m'aimez, restez tranquille, Belle.

Brusque et inamical, son ton ôtait toute valeur à ses paroles. Elle en eut l'intuition et son humeur changea aussitôt :

— Je vous connais, dit-elle d'un ton monocorde. Vous voulez tout me mettre sur le dos. Vous voulez qu'ils m'enferment pour toujours et emportent la clé avec eux. Mais vous aussi êtes responsable. Vous disiez que je ne pourrais jamais être convaincue d'aucun crime. Vous disiez que si je tuais Simon en flagrant délit, le plus qu'on pourrait me faire serait de m'enfermer quelque temps. Est-ce que vous ne m'avez pas dit ça, Clare ?

Il ne voulut ni lui répondre ni la regarder. La peur tendait ses traits. Elle se tourna vers moi :

— Ainsi, vous voyez, c'est Simon qu'il fallait tuer. Cette chipie n'était qu'un animal dont il se servait... un petit animal aux pieds fourchus. Je ne tuerais pas une jolie petite bête.

Elle s'arrêta et reprit avec une sorte d'étonnement :

— Mais je l'ai effectivement tuée. Je lui ai tiré dessus et tout s'est embrouillé. Brusquement, elle est devenue pour moi la source de tout mal. Clare était furieux contre moi. Il ne voyait pas les saletés qu'elle faisait.

— Il n'était pas avec vous ?

— Il est arrivé tout de suite après. J'essayais d'essuyer le sang : elle avait saigné sur le beau plancher tout propre, quand Clare est entré. Il avait dû attendre dehors et voir la petite putain se traîner. Elle se traînait comme un pauvre petit chien blanc blessé, et puis elle est morte. Et Clare était en colère contre moi. Il m'a crié après.

— Combien de fois lui avez-vous tiré dessus, Isobel ?

— Une seule.

— Gabrielle Torres avait reçu deux balles, l'une dans le haut de la cuisse, l'autre dans le dos. La première blessure n'avait rien de mortel ; elle n'était même pas sérieuse. La seconde était en plein cœur. C'est la seconde balle qui l'a tuée. L'avez-vous suivie sur la plage pour lui tirer de nouveau dans le dos ?

— Non.

Elle regardait Bassett.

— Dites-lui, Clare. Vous savez que je n'ai pas fait ça.

Bassett la regardait sans parler. Ses yeux saillaient comme de petits ballons injectés de sang.

— Comment le saurait-il, madame Graff ?

— Parce qu'il a pris le revolver. Je l'avais laissé tomber par terre dans la cabine. Il l'a ramassé et a suivi la fille dehors.

Les mots semblèrent jaillir de la bouche contractée de Bassett :

— Ne l'écoutez pas ! Elle est folle... elle a des hallucinations. J'étais à plus de cent lieues...

— Vous étiez là, Clare, reprit-elle calmement. Vous teniez le revolver quand vous êtes sorti derrière elle. Et puis vous êtes revenu pour me dire qu'elle était morte, que je l'avais tuée, mais que vous garderiez mon secret parce que vous m'aimiez.

Bassett tourna son regard vers moi.

— J'aimerais bien boire un verre, mon vieux. Je parlerai si vous me laissez seulement boire un verre d'abord.

— Dans une minute. Lui avez-vous tiré dessus, Clarence ?

— Il le fallait.

Sa voix avait baissé jusqu'à n'être plus qu'un souffle à peine audible.

— Je l'ai fait pour vous, Belle. Elle rentrait chez son père. Elle aurait tout raconté.

— Ainsi vous avez fait tout cela pour moi, sale menteur ! Pour la petite Heliopoulos, la plus grosse fortune de l'Ouest !

Elle ne pleurait pas ; sa voix était devenue sauvage.

— Pour lui-même, rectifiai-je. Il avait raté son coup dès que vous n'aviez pas tué votre mari. Il a vu une chance de gagner le prix de consolation, à défaut du gros lot, en convainquant votre mari que vous aviez tué Gabrielle. C'était le scénario parfait pour une fructueuse combinaison, si parfait qu'il a même réussi à vous convaincre vous-même.

De nouveau, Bassett se mit à nier frénétiquement :

— Ce n'est pas ça du tout. Je n'ai jamais pensé à l'argent.

— Ça n'en est pas, dans votre coffre ?

— C'est la seule somme que j'aie jamais demandée. J'en avais besoin pour partir ; je voulais aller vivre au Mexique. Je n'ai jamais pensé au chantage jusqu'à ce qu'Hester me vole le revolver et me trahisse pour ces criminels. Ils m'ont forcé à les tuer avec leurs exigences et leurs indiscrétions. Tôt ou tard l'affaire aurait été rouverte et toute la vérité aurait fini par se savoir.

Je cherchai Graff des yeux pour lui demander son opinion, mais il avait quitté la pièce. La porte vide s'ouvrait sur la nuit.

— Personne ne vous forçait à tuer Gabrielle, dis-je à Bassett. Pourquoi n'avez-vous pas pu la laisser se sauver ?

— Simplement parce que je ne pouvais pas. Elle se traînait le long de la plage. J'avais été à l'origine de toute l'affaire, il fallait que j'en finisse. Je n'ai jamais pu supporter de voir un animal blessé, pas même un insecte ou une araignée.

— Ainsi vous tuez par pitié ? Et il fallait aussi que vous tuiez Hester Campbell hier ?

— Elle, c'était autre chose. Elle jouait les innocentes et faisait tout pour entrer dans mes bonnes grâces. Elle m'appelait oncle Clarence, elle prétendait m'aimer, et tout ce qu'elle voulait, c'était le revolver dans mon coffre. Je lui ai donné de l'argent, je l'ai traitée comme ma fille et elle m'a trahi. C'est une chose tragique que de voir les jeunes filles devenir vicieuses, méchantes et mauvaises. Il vaut mieux qu'elles meurent.

Je le regardai en face. Il avait un visage banal. Tout à fait ordinaire, familier, un peu vieux, avec une note caricaturale dans le long nez et les yeux saillants. Pas du tout le genre de figure que les gens donnent habituellement au mal.

Je pris le téléphone sur le bureau et appelai la police. Elle a une marche à suivre dans ces cas-là. Moi, j'aimais mieux me retirer de cette affaire le plus tôt possible.

Bassett se pencha en avant au moment où je reposais le récepteur.

— Écoutez, mon vieux, dit-il poliment ; vous m'avez promis un verre. Le whisky fait du bien dans les pires circonstances.

J'allai vers le bar à l'autre bout du bureau et en sortis une bouteille. Mais Bassett devait recevoir un calmant plus efficace. Tony Torres entra par la porte toujours ouverte, soufflant et trébuchant, avec son gros colt à la main. Ses yeux étaient d'un noir brumeux. La flamme du revolver fut courte et brève, mais le bruit sembla énorme. La tête de Bassett tomba sur le côté. Elle resta dans cette position, retenue par son épaule. Isobel Graff le regardait, muette de surprise. Elle se leva et passa ses doigts dans l'encolure de sa blouse, l'écarta d'un geste brusque et offrit sa poitrine :

— Tuez-moi ! Tuez-moi aussi !

Tony secoua la tête solennellement :

— Mr. Graff a dit que c'était Mr. Bassett.

Il remit le revolver dans son étui. Graff entra derrière lui, discrètement. Doucement, comme un employé des pompes funèbres, il s'avança vers le bureau où Bassett était assis. Il lui toucha l'épaule de la main ; le corps bascula et tomba à terre avec un bruit sourd et une sorte de gémissement enfantin. Graff sauta en arrière comme si le toucher de sa main avait retiré la vie à Bassett. Dans un sens, c'était vrai.

— Pourquoi traîner Tony dans tout ça ? demandai-je.

— Ça m'a semblé la meilleure solution. Le résultat aurait été le même à longue échéance. J'ai fait une faveur à Bassett.

— Mais pas à Tony.

— Ne vous en faites pas pour moi, répondit le vieil homme. Il y a deux ans maintenant, deux ans en mars, que je ne vis que pour cette minute.

Il ajouta poliment :

— Ça ne vous gêne pas, messieurs, que je sorte ? Il fait trop chaud ici. Je resterai dans les environs.

— Ça va, déclarai-je.

Graff le regarda sortir et se tourna vers moi avec une assurance retrouvée.

— J'ai remarqué que vous n'avez pas essayé de l'arrêter. Vous aviez un revolver, vous auriez pu devancer son geste.

— Vous croyez ?

— Au moins, maintenant, nous pourrons éviter d'étaler le pire dans les journaux.

— Vous voulez parler du fait que vous avez séduit une mineure et l'avez laissé tuer à votre place ?

Il me tourna le dos et regarda nerveusement autour de lui, mais Tony n'était plus en vue.

— Je ne pense pas seulement à moi.

Il eut un regard significatif vers sa femme. Assise par terre dans le coin le plus éloigné de la pièce, elle avait ramené ses genoux sous son menton. Ses yeux étaient fermés et elle était aussi tranquille et silencieuse que Bassett lui-même.

— Il est un peu tard pour penser à Isobel.

— Non, vous vous trompez. Elle a un pouvoir de récupération formidable. Je l'ai vue dans des états bien pires que ça. Mais vous ne pouvez pas la forcer à comparaître en justice, vous ne serez pas assez inhumain pour faire cela.

— Elle n'en aura pas besoin. Les psychiatres la verront dans une chambre de clinique, en particulier. C'est vous qui devrez faire face aux débats publics.

— Pourquoi? Pourquoi faut-il que j'en supporte encore? Vous ne pouvez pas savoir ce que j'ai souffert dans ce mariage. Je suis une personnalité créatrice. J'avais besoin d'un peu de douceur et de gentillesse dans ma vie. Je me suis amusé avec une jeune femme, voilà tout mon crime. Je n'ai rien fait que de très banal. Vous n'allez pas me ruiner pour si peu? A quoi bon faire de moi le bouc émissaire, briser ma carrière? Est-ce juste?

Son éloquence appliquée manquait de conviction. Graff avait trop vécu parmi des acteurs. Il appartenait à un monde irréel, contrefait.

— Ne venez pas me parler de justice, Graff. Voilà deux ans que vous couvrez des meurtres.

— Et voilà deux ans que je souffre horriblement. J'ai assez payé. Ça m'a coûté des sommes astronomiques.

— Ça m'étonnerait. Vous vous êtes servi de votre nom pour payer Stern; de votre entreprise pour payer Leonard et la fille Campbell. Vous avez vraiment une bonne planque, qui vous permet de vous servir de la presse internationale pour payer le prix du chantage exercé contre vous.

J'avais dû frapper juste. Graff ne tenta pas de discuter. Il regardait le revolver dans ma main. C'était la seule preuve formelle qui l'impliquait dans cette affaire. Il dit brusquement :

— Donnez-moi cette arme.

— Pour que vous me descendiez avec, hein ?

Quelque part sur la route, une sirène hurla.

— Dépêchez-vous ! s'écria-t-il. La police arrive. Enlevez les douilles et donnez-moi le revolver. Prenez l'argent dans le coffre.

— Désolé, Graff ; j'en ai besoin. C'est la seule circonstance atténuante dont puisse jouir Tony.

Il me regarda comme si j'avais été fou. Je ne sais pas comment je le regardai, moi, mais il baissa les yeux et s'en alla. Je fermai le coffre et tournai les boutons puis remis à sa place la photo des trois plongeurs. Figés dans leur vol impeccable, les deux filles et le garçon se cambraient entre la mer et le vide du ciel.

Le hurlement des sirènes se fit plus proche et plus fort. Avant que les hommes du shérif n'entrent, je posai le Walther sur le sol, près de la main crispée de Bassett. Les experts en balistique feraient le reste.

Cet ouvrage a été réalisé par la
SOCIÉTÉ NOUVELLE FIRMIN-DIDOT
Mesnil-sur-l'Estrée
pour le compte des Éditions 10/18
en mars 2000

Imprimé en France
Dépôt légal : avril 2000
N° d'édition : 3123 – N° d'impression : 50554